KB030221

여름이 물러가고

여름이 물러가고

김수연
장편소설

문학동네

오랜 시간 기다려준 가족과 현진에게 이 작품을 바칩니다.

차례

1부

작년 여름, 나는 두 명의 예술가를 만났다. 그들은 매사 서툴렀고, 또 순진했고, 믿기지 않을 만큼 비겁했다.

여름과 가을, 그들과 함께한 시간들, 그들과 주고받았던 말들, 그들이 썼다는 글들, 그건 뭐였을까. 무슨 의미가 있을까. 그게 내 삶을 바꿨을까. 그래서 나는 예전과 다른 사람이 되었을까. 날마다 달라지는 대답 앞에서 나는 무기력해지기를 반복한다.

때때로 나는 그게 실재한 일이 아니라 내가 지어낸 일이 아닐까, 라는 의문에 사로잡힌다. 이런 의심에 사로잡히면 나는 기억을 되짚는 대신 그것을 가만히 내버려둔다. 경험과 상상이 뒤섞여서 멋대로 뻗어나간다. 마치 제 몸을 가누기 어려울 만큼 자라나는 여름의 우듬지처럼.

1

김규남과 송태성이 금명제지에서 계약직으로 일을 시작한 것은 1월의 일이었다. 금명제지는 경기도 안양시 만안구 덕천마을에 자리잡은 제지 공장이었는데, 보험사와 도시가스사 영수증을 비롯하여 택배사의 송장 스티커, 기업의 브로슈어 등을 제작했다.

두 사람이 구인구직 사이트에 올라온 수많은 회사 중에서 금명제지에 이력서를 보낸 이유는 금명제지가 학력을 따지지 않는 유일한 회사였기 때문이다.

금명제지에 취업하기 전까지 두 사람은 건설현장에서 막노동을 하거나 택배회사 상하차 아르바이트를 했다. 하지만 그 일은 너무나 고됐고, 매일 일을 할 수가 없어서 돈을 모으기도 어려웠다. 규남은 며칠을 망설인 끝에 월급을 받는 회사에 다니자고 제안했다.

그럼 지금보다 돈을 모으기가 훨씬 수월할 것이고 퇴근 후에는 그들이 그토록 바라던 연습도 할 수 있을 것이라고 말했다. 태성은 내키지 않았지만 결국 알겠다고 대답했다. 하지만 조건이 있었다. 봄, 딱 봄까지만 일을 하기로.

규남과 태성이 금명제지에서 하는 일은 단순했다. 오전 아홉시까지 출근한 후 컨테이너 사무실에서 군청색 작업복으로 옷을 갈아입는다. 그후 점심시간 전까지 화물차에 실린 짐들을 공장 안으로 옮긴다. 때로는 그 반대로 공장에 있는 짐들을 화물차에 싣는다. 운이 나쁠 때는 두 가지의 일을 동시에 해야 할 때도 있다. 그럼 오전이 지나 있고, 두 사람은 인근 공장의 직원들과 함께 이용하는 식당에서 점심을 먹는다. 그리고 다시 공장으로 돌아와 퇴근 전까지 여기저기 불려다니며 잡다한 일들을 한다. 기계에 잉크를 채우거나, 두루마리 휴지처럼 생긴 커다란 종이 롤을 교체하는 등의 일을.

그렇게 두 달이 흘렀다. 얼어붙은 날씨는 티를 내지 않으며 조금씩 제 몸을 녹여가고 있었다.

2

규남은 왼쪽 어깨에 박스를 짊어진 채로 바닥을 내려다보았다. 암갈색 점들이 박혀 있는 바닥에 여러 색의 잉크들이 얼룩처럼 묻어 있었다.

—꼭 잭슨 폴록의 작품 같네……

그림이 그려진 병풍이 펼쳐지듯이 규남의 머릿속으로 여러 작품들이 펼쳐졌다. 마오쩌둥과, 메릴린 먼로와, 팝의 황제 마이클 잭슨과, 코카콜라와, 캠벨 수프와, 〈최후의 만찬〉과, 잠깐만, 뭔가 이상한데…… 잠시 후, 규남은 자신이 떠올린 작품들이 잭슨 폴록이 아니라 앤디 워홀의 작품들이었다는 것을 깨달았다.

…

……

………하지만 그게 중요할까. 중요한 건 바닥에 묻은 얼룩들을 보며 미술작품을 떠올리는 것 아닐까. 어쩐지 자기합리화 같았지만, 규남은 크게 개의치 않았다. 사실은 이런 고단한 환경에서도 예술작품을 떠올린 자신이 조금 대견스러웠다. 규남은 떠올린 이미지를 계속해서 확장시켰다.

이미지가 그림을 넘어 건축으로 나아가려는 순간, 누군가가 규남의 어깨를 두드렸다. 뒤를 돌아보니 금명제지의 유일한 외국인 노동자 로잔이 서 있었다.

—형님. 왕주인이 일하래.

로잔이 엄지로 자신의 어깨 너머를 가리켰다. 로잔의 어깨 너머로 두꺼비처럼 생긴 왕주인이 규남을 잡아먹을 듯이 노려보고 있었다. 규남은 왕주인과 눈이 마주치자마자 어깨에 짊어진 박스를 공장 구석으로 옮겼다.

그리고 멀찍이 떨어진 곳에서 태성은 백 킬로그램을 훌쩍 넘긴, 움직일 때마다 가쁜 숨을 몰아쉬는, 날마다 이마가 넓어지는, 이제 곧 서른을 앞둔 규남을 바라보며 땅이 꺼질 듯이 한숨을 내쉬었다.

◇

다빈치 마치 낙원에 온 것 같다고, 벨린치오네는 말했습니다.

비슷한 찬사들이 이어졌고, 각국에서 온 사절단들은 벌어진 입을 다물지 못했습니다. 루도비코 스포르차는 크게 기뻐하며 행사 내내 붉은 잇몸을 드러냈습니다. 나는 조금 기뻤고, 그보다 훨씬 외로웠다가 동굴처럼 깊고 어두운 곳으로 가라앉았지요.

축제의 하이라이트는 내가 만든 가면극 〈행성들의 가장행렬〉이었습니다. 춤과, 음악과, 내가 그린 패널들과, 내가 고안한 장치들이 하늘과, 별과, 천국의 천사들을 불러냈습니다. 카니발 같은 열기가 밀라노를 감쌌습니다. 그리고 행사가 끝날 무렵, 내 앞으로 어떤 장면들이 스쳐지나갔습니다. 나는 별을 바라보며 미래를 점치는 사제처럼 먼 곳을 응시한 채 어디선가 들려오는 소리를 들었습니다.

다빈치, 먼 곳을 응시한다.

목소리 구름과 달이 물감처럼 뒤섞이고, 하늘은 한 번도 본 적 없는 색으로 물들고, 과거와 현재와 미래가 뒤죽박죽 펼쳐지는데 너는 그것이 환상인지 실재인지 구분할 수 없고, 그런 너와는 무관하게 장면은 끊임없이 펼쳐진다. 너는 미처 알지 못하는 삶의 비밀, 우주의 속삭임, 그림자의 그림자, 꿈속의 꿈 같은, '너'라는 존재는 여러 개의 순간으로 이루어진 집합이라는 깨달음, 성부와 성자와 성령이 하나이면서 또 개별적인 것처럼, 고향 빈치에서 사생아로 태어나 산짐승들의 꽁무니를 쫓으며 뛰놀던 너와, 죽은 자의 몸을 가르는 너와, 전쟁에 필요한 무기의 도안을 그리는 너와, 짐승을 먹지 않는 너와, 도둑질을 일삼는 살라이를 사랑할 수밖에 없는 너, 순례자처럼 여러 도시를 돌아다녔지만 네가 찾은 것은 결국 어디선가 네 이름을 부르는 소리, 먼 미래에도 불리는 네 이름, 레오나르도 디 세르 피에로 다빈치.

3

금명제지 사장이 한 무리의 사람들과 공장 안으로 들어섰다. 평소 공장에는 좀체 모습을 보이지 않던 사장은 단체여행의 가이드처럼 사람들을 이끌고 공장 구석구석을 돌아다녔다. 그는 함께 온 사람들을 향해 시종일관 미소를 지었고, 어떤 기계들 앞에서는 무슨 설명인가를 길게 늘어놓았다.

잠시 후, 사장이 직원들을 한곳으로 불러모았다.

—올해 우리 금명제지가 전국연합학력평가 OMR 카드를 제작하는 업체로 선정되었습니다.

사장의 말이 끝나자 직원들이 박수를 쳤다. 규남과 태성도 얼떨결에 직원들을 따라서 손바닥을 부딪쳤다.

그날 오후, 금명제지 직원들은 한 장의 서약서를 받았다. 서약서에는 전국연합학력평가 OMR 카드와 관련하여 어떠한 정보도 유출하지 않으며 이를 어길 시에는 처벌을 받는다는 내용이 적혀 있었다. 규남과 태성은 아무 생각 없이 서약서 아래에 이름과 주민번호를 적었다.

◇

다빈치 나의 집안에서 태어난 사내들은 대대로 유언장이나 계약서, 법적 문서를 작성하는 공증인으로 이름을 알렸습니다. 일종의 가업이었던 셈이지요. 하지만 할아버지는 그러지 않았습니다. 할아버지는 물려받은 토스카나의 시골 땅에서 밀과 올리브를 재배하며 세월을 보냈습니다. 자연을 관찰하는 버릇은 어쩌면 할아버지에게 물려받은 기질일지도 모르겠습니다. 하지만 아버지는 이런 기질을 물려받기를 거부했지요. 아버지는 성년이 되자마자 피렌체로 떠나 그곳에서 공증인으로 자리를 잡았습니다. 메디치 가문을 비롯하여 피렌체의 이름난 여러 가문들의 회계를 도맡았고, 값비싼 예술작품의 증명서를 작성하는 일로 이름을 알렸습니다. 마치 끊어진 가업을 다시 일으켜세우려는 사람처럼 말입니다.

하지만 아버지의 끝 모를 야망에도 시련은 찾아왔습니다. 휴식차 들른 고향에서 젊고 아리따운 어느 여인과 눈이 맞은 것이지요. 그녀의 뱃속에 내가 들어섰지만 아버지는 그녀와 결혼하지 않았습니다. 아버지는 가난한 농부의 사위는 되고 싶지 않았으니까요. 그래서 아버지는 내가 태어나자마자 서둘러 피렌체의 부유한 가문의 딸과 결혼을 합니다. 나를 낳아준 여인 역시 마을의 가난한 농부와 결혼을 하죠. 나는 할아버지와 할머니, 그리고 삼촌 밑에서 자랐습니다.

때때로 성마리아 대축일이나 마을에서 열리는 축제에서 그 여인을 마주치곤 했습니다. 누가 말해주지 않았는데도 나는 단번에 그녀가 나를 낳아준 여인이라는 것을 알았습니다. 나는 그녀의 빼어난 미모를 그대로 물려받았으니까요.

그녀와 짧은 눈인사를 나눈 날에는 잠을 설쳤습니다. 겨드랑이가 가려웠고, 한 번도 가본 적 없는 나라의 향기 같은 냄새가 코끝을 맴돌았습니다.

*

OMR 카드를 찍기 시작한 지 일주일이 지난 어느 날, 금명제지 기계들은 오전 내내 오탈자가 기입된 OMR 카드를 찍어냈다. 태성이 기계 버튼을 잘못 조작한 것에서 비롯된 일이었다. 파기해야 할 종이가 산더미처럼 쌓였고, 태성이 얻어먹은 욕은 그보다 훨씬 더 많았다. 그날 태성은 퇴근하기 전까지 욕을 먹었는데, 그중 제일 심한 욕을 한 사람은 왕주인이었다.

—깽깽이 새끼야! 한 치의 실수도 있어서는 안 된다고!

왕주인의 이마에 느낌표 같은 핏줄이 곤두섰다. 그는 전국연합학력평가의 OMR 카드를 실수 없이 찍어내야만 금명제지가 올해, 혹은 내년에 치러질 대학수학능력시험의 OMR 카드를 찍어내는 업체로 선정될 수 있다고 말했다.

—우리 망하면 다 너 때문인 줄 알아, 깽깽이 새끼야. 네가 다 책임져. 알았어? 알았지, 알았냐고!

알긴 뭘 알아요, 이 두꺼비 새끼야. 태성은 그렇게 되받아치고 싶었지만 결국 그러지 못했다. 다만 욕을 얻어먹을 때마다 말없이 자신의 발끝을 바라보았다.

붉은 십자가, 재활용 센터, 길고양이, 진녹색의 의류수거함, '신축 빌라 실입주금 3,000만원'이라고 적힌 현수막, 잿빛의 단층 아파트……

집으로 가는 동안 늘 마주하는 풍경이었지만 태성은 그날따라 이 풍경이 마음에 들지 않았다. 오히려 그 낡은 풍경이 태성의 마음을 더 가라앉게 만들었다. 태성은 그들이 사는 다세대주택의 한 칸짜리 반지하방에 도착할 때까지 아무 말도 하지 않았다. 집에 도착한 후에도 계속 입을 다물고만 있었다.

하, 그깟 종이 쪼가리가 뭐라고!

태성은 자신이 종이 쪼가리보다 하찮은 취급을 받았다는 사실에 분개했다. 태성의 머릿속으로 그동안 금명제지에서 무시를 당했던 일들이 떠올랐다. 나이가 어려서, 아직 군대를 다녀오지 않아서, 고졸이어서, 일 주변이 없어서, 인사를 제대로 하지 않아서, 보기 싫게 말라서…… 태성은 별 가당치 않은 이유들로 무시를 당했다. 하지만 그보다 더 화가 나는 건 그때마다 아무것도 모르는 척하던 규남의 모습이었다. 태성이 직원들에게 조리돌림을 당할 때면 규남은 평소처럼 딴청을 부리는 대신 묵묵히 박스를 날랐다. 그리고 태성 근처에는 얼씬도 하지 않았다. 혹여나 자신에게 조그마한 불똥이라도 튈까봐 그러는 게 분명했다. 그날도 마찬가지였다.

태성은 규남이 샤워를 하는 화장실을 노려보았다. 화장실 문틈으로 물줄기 소리와 규남의 신음소리가 흘러나왔다(그들은 가스비를 아끼기 위해서 샤워를 할 때 보일러를 켜지 않았다). 태성은 벽에 등을 붙인 채로 한숨을 내쉬었다. 태성의 한숨이 맞은편 책상까지 가닿았다. 집 근처 재활용 센터에서 구입한 책상에는 규남의 책들이 지저분하게 쌓여 있었다.

한국극예술학회, 『한국현대대표희곡선집 1』
히라타 오리자, 『연극 입문』
이강백, 『이강백 희곡전집 6』
월터 아이작슨, 『레오나르도 다빈치—인간 역사의 가장 위대한 상상력과 창의력』
로스 킹, 『다빈치와 최후의 만찬』
알레산드로 베초시, 『레오나르도 다빈치—조화와 비례의 미학』
지크문트 프로이트, 『레오나르도 다빈치—예술에 대한 정신분석학적 비평』
아르놀트 하우저, 『문학과 예술의 사회사 2』
아리엘 도르프만, 『죽음과 소녀』
후안 마요르가, 『다윈의 거북이』
서영채, 『인문학 개념정원』
라이너 마리아 릴케, 『젊은 시인에게 보내는 편지』
콘스탄틴 세르게예비치 스타니슬랍스키, 『배우 수업』
안민수, 『연극연출: 원리와 기술』
에른스트 H. 곰브리치, 『서양미술사』
김은성, 『시동라사』
데이비드 볼, 『통쾌한 희곡의 분석』
소포클레스, 『오이디푸스 왕』
이강백 · 윤조병, 『희곡 창작의 길잡이』
박근형, 『박근형 희곡집 1』
염지영 외 6명, 『2013 신춘문예 희곡 당선 작품집』

태성은 그 책들을 빤히 바라보다가 혼잣말 아닌 혼잣말을 내뱉었다.

—이렇게 매일 일만 하는데 우리는 어느 세월에 연극을 만들어요.

잠시 후, 화장실에서 들려오던 규남의 신음소리가 잦아들었다.

규남은 조심스레 화장실 문을 열었다. 태성은 잠이 들었는지 눈을 감은 채로 누워 있었다. 규남은 태성을 깨우려다가 관두고는 우두커니 서서 태성의 얼굴을 빤히 내려다보았다. 여전히 소년 같은, 앳된 티가 가시지 않은 얼굴이었다. 규남은 이렇게 태성의 얼굴을 가까이에서 바라보는 게 오랜만이라는 것을 깨달았다. 더불어 자신을 바라보는 태성의 눈빛 역시 예전 같지 않다는 것도.

처음부터 그랬던 것은 아니었다. 규남의 말에 토끼처럼 귀를 세우고 고개를 끄덕이던 때도 있었다. 책장에 꽂힌 희곡집을 읽다 말고 이해가 되지 않는 부분에 대해서 물어볼 때도 있었다. 물론 태성이 이해하지 못한 대사나 장면은 규남 역시 제대로 이해하지 못한 것이 대부분이었지만, 규남은 모르겠다는 말은 절대로 내뱉지 않았다. 대신 상징이니 은유니 작가의 체험이니 하는 단어들을 나열한 후 어물쩍 작가의 생애나 일화로 말을 옮겼다. 이를테면 이런 식이었다.

태성, 방바닥에 앉아 유진 오닐의 『밤으로의 긴 여로』를 읽고 있다.

태성, 책을 읽다가 내려놓고 생각에 잠긴 표정을 짓는다.

태성, 방바닥에 누워서 핸드폰을 들여다보는 규남을 부른다.

태성 형, 저는 어쩐지 메리가 모르핀중독에서 벗어나지 못하는 게 아니라 안 하는 것 같은데…… 형은 어떻게 생각해요?

규남 (사이) 그건 유진 오닐이 겪었던 불행한 삶을 압축한, 하나의 상징이 아닐까.

태성, 무슨 말인지 모르겠다는 표정.

침묵.

규남 (사이) 어쩌면 작가의 체험일지도 모르겠다. 그런데 태성아, 유진 오닐이 싸구려 호텔방에서 객사한 건 알고 있니.

태성 아니요……

슬며시 미소를 짓는 규남.

규남은 유진 오닐의 먼 친척이라도 되는 것처럼, (작품과는 전혀 무관한) 극작가의 가계도와 연대기를 늘어놓는다. 태성의 궁금함은 어느새 저멀리……

하지만 금명제지에서 일을 시작한 지 두 달이 지나고 OMR 카드를 찍어내면서 태성의 말수는 급격히 줄어들었다. 책상에 쌓인 책들도 더이상 읽지 않았다. 그리고 시도 때도 없이 규남을 향해 원망스러운 눈빛을 보냈다. 그럼 규남은 억지로 책상에 앉아 노트북을 켜고는 이미 쓴 희곡에 무언가를 끄적거렸다. 하지만 언제까지 그럴 수는 없는 노릇이었다. 규남의 입에서 작은 한숨이 흘러나왔다. 규남의 한숨 소리에 태성이 감고 있던 눈을 떴다. 태성이 눈을 뜨자마자 목격한 것은 규남의 거뭇한…… 태성은 인상을 찌푸리며 재빨리 고개를 돌렸다.

—아, 제발 팬티는 미리 좀 입고 나오면 안 돼요?

—……미안.

새벽이 올 때까지 규남은 잠들지 못했다. 우리는 어느 세월에 연극을 만들어요. 화장실 문틈으로 들려온 태성의 말이 계속해서 귓가에 맴돌았다.

그러게 태성아, 정말로 어느 세월에 연극을 만드냐. 규남은 옆에서 잠을 자는 태성을 깨워서 되묻고 싶었다. 태성과 약속한 시간이 다가오고 있었다. 봄, 딱 봄까지만 일을 하기로 했는데…… 봄이 이다지도 빨리 올 줄이야. 아, 그때 또 무슨 말을 했더라. 봄까지만 일을 하면 스태프를 꾸릴 돈과 소극장 대관료를 모을 수 있을 거라고. 그러니 조금만 더 고생을 하자고. 몇 년 동안 쓴 작품이 곧 완성될 거라고. 셰익스피어와 체호프의 작품에서 영감을 받았다고 그랬나. 아니, 소포클레스와 해럴드 핀터였나. 그때 규남은 태성을 설득하기 위해서 자신이 아는 모든 극작가를 호명했다. 그리고 제일 중요한 말,

—당연히 이 연극의 주인공은 너야. 처음 쓸 때부터 너를 떠올렸어.

그때 태성이 수줍게 미소를 지었지. 맞아, 그랬었지. 규남은 그때를 떠올리며 자기도 모르게 고개를 끄덕거렸다.

여러 생각과 기억이 규남의 머릿속을 헤집었다. 규남은 잠자는 걸 포기하고 머릿속에 떠오르는 것들을 내버려두었다. 생각과 기억이 뒤엉킨 채로 날뛰었다.

퍽 유 자본주의. 마르크스 만세. 만국의 프롤레타리아여, 단결하라. 규남은 머리에 붉은 띠를 두르고 금명제지 앞에서 구호를 외치는 자신의 모습을 상상했다. 규남은 주먹을 쥐고 허공으로 손을 뻗었다. 금명제지는 김규남에게 래미안 메가트리아 펜트하우스를 제공하라. (제공하라.) 금명제지는 공장을 허물고 그 자리에 소극장을 지어라. (지어라.) 금명제지는 천만원의 월급을 보장하라. (보장하라.) 아니다, 삼천만원. (삼천만원.) 금명제지는 오이디푸스의 엄마이자 아내를 살려내라. (살려내라.) 금명제지는 아서 밀러와 메릴린 먼로의 재혼식을 추진하라. (이건 좀 아닌가……) 규남의 입에서 작은 실소가 터졌다. 그러다 문득 자신이

할 수 있는 일이 이런 허무맹랑한 상상 말고 무엇이 있을까를 생각했다. 답은 쉽사리 떠오르지 않았다.

◇

다빈치 할아버지가 죽은 후 나는 아버지가 있는 피렌체로 향했습니다. 그 시절 피렌체 항구는 전 세계에서 몰려온 배들로 장사진을 이루었습니다. 가깝게는 베네치아부터 멀게는 오스만제국까지, 각국에서 온 배들로 피렌체 항구에는 뱃고동 소리가 끊이질 않았고 거리에는 알아들을 수 없는 외국어들이 노랫말처럼 가득했지요.

헤이그와 파리의 자본가들도 경주마를 탄 기수처럼 피렌체로 몰려들었습니다. 유럽의 모든 길이 로마로 향하듯이, 유럽의 모든 돈이 피렌체로 흘러들었습니다. 피렌체의 금융업과 상업은 하루가 다르게 번성했고, 자본가들의 궤짝은 금은보화로 가득찼습니다. 자본가들은 넘쳐나는 금은보화로 고대 그리스에서 쓰인 책들을 수집했습니다. 그것은 구입이라기보다는 거래에 가까웠지요. 자본가들은 자신들이 지적으로는 여전히 가난하다는 것을 알았고, 하루빨리 그 가난에서 벗어나고 싶어했으니까요.

플라톤, 호메로스, 헤시오도스, 소포클레스, 에우리피데스, 히포크라테스. 필사본에 불과한 그 작가들의 책은 그리스어로 쓰여 있다는 이유만으로 고가에 거래되었습니다. 그 시절 피렌체는 언제나 활기가 넘쳤고, 시민들은 이상한 정열에 사로잡혀 있었습니다.

*

규남은 왜 매일 같은 일을 반복하는데도 매일매일 똑같이 힘이 드는지 의문이었다. 더불어 이렇게 힘이 드는데 어째서 살은 빠지지 않고 더 찌기만 하는지도.

처음 금명제지에서 일을 시작할 때만 해도 규남은 삼 개월이면 연극을 만들기에 충분한 돈을 모을 수 있으리라 기대했다. 하지만 예상과 달리 돈은 쉽게 모이지 않았다. 언제부턴가 규남은 고정적으로 지출해야 하는 것들을 떠올리게 되었다. 월세와 공과금과 핸드폰 요금과 담뱃값과 또 자잘한 간식비와 또 그밖에…… 이런 생각이 지겨울 때는 자신이 포기한 것들을 떠올렸다. 해지한 우체국 암보험과 온수 샤워, 여전히 입에 맞지 않는 국산 담배보다 사백원이 비싼 수입 담배에 대해서.

시간이 흐를수록 규남은 더욱 초조해져만 갔다. 규남은 누구보다 예민하게 봄의 기척을 알아차렸다. 길거리에서 레인코트를 걸친 사람을 발견한 것도, 해가 길어진 것을 알게 된 것도, 모두 초조함에서 비롯된 일이었다. 이제 정말 시간이 없다고, 규남은 생각했다.

그리고 규남은 언제부턴가 짧은 시간 동안 돈을 벌 수 있는 방법에 대해서만 생각하게 되었다. 돈, 정말이지 그놈의 돈이 문제였다.

4

금명제지의 기계들은 한시도 작동을 멈추지 않았다. 직원들도 분주하게 이곳저곳을 오가며 작업에 열중했다. 그리고 그렇게 분주한 중에도 규남은 손에서 핸드폰을 놓지 않았다. 핸드폰 화면에는 그날 열릴 프로야구 경기 일정이 떠 있었다. 규남은 각 팀의 선발투수와 상대 전적을 확인했고 스포츠 기사들을 찾아서 읽었다.

그렇게 규남이 핸드폰에 정신을 뺏긴 사이, 규남의 뒤로 왕주인이 슬며시 다가섰다. 인기척을 느꼈을 때는 이미 늦어 있었다. 공장 안으로 왕주인의 고함소리가 쩌렁쩌렁하게 울려퍼졌다.

—뚱땡이 새끼야! 일에 집중을 하란 말이야, 집중!

규남은 재빨리 핸드폰을 주머니에 집어넣고 바닥에 놓인 검은색 잉크통을 집어들었다.

다른 한쪽에서 태성은 왕주인의 고함소리를 들으며 기계에서 찍어낸 OMR 카드를 영역별로 분류했다.

OMR 카드에는 성명과 수험번호를 기재하는 칸과 함께 부정행위를 방지하기 위한 필적 확인 문구가 적혀 있었고, 그 아래에는 문구를 따라 적어야 하는 빈칸이 있었다. 태성의 시선이 그 빈칸에 여러 번 머물렀다. 그 빈칸과 마주할 때마다 태성의 머릿속으로 어떤 문장이 떠오르곤 했다.

세월이 흘러도 어머니의 마음은 늙지 않으신다

태성이 수험생이던 시절, 어느 모의고사 국어 영역 OMR 카드에 적힌 필적 확인 문구였다. 많고 많은 필적 확인 문구 중에서 왜 그 문장만은 잊을 수 없는 걸까. 그 문장은 기어코 어떤 기억을 불러일으켰다.

모의고사가 시작되자마자 태성은 컴퓨터용 사인펜을 쥐고 OMR 카드에 이름과 수험 번호를 기입했다. 그리고 필적 확인란에 쓰인 문장을 따라 적었다.

세월이 흘러도 어머니의 마음은 늙지 않으신다

펜을 쥔 태성의 손이 별안간 떨려왔다. 세월이 흘러도 어머니의 마음은 늙지 않으신다, 라니…… 꼭 연극 대사 같네. 그 순간, 태성은 왠지 모르게 서글퍼졌고 또 조금 화도 났다. 그날 이후 그 문장은 예고도 없이 불쑥 태성을 찾아오곤 했다. 세월이 흘러도 어머니의 마음은 왜 늙지 않는지, 그게 진짜 맞는지, 그런 생각들이 하루종일 태성의 머릿속을 맴돌았고, 그럼 어김없이 기분이 울적해지곤 했다.

◇

다빈치 나는 어린 시절부터 그림을 그리는 데 재능이 있었고, 아버지는 내게 화가가 되라고 했습니다. 사실 화가밖에는 선택할 수 있는 일이 없었지요. 나는 사생아로 태어나서 의학이나 법률을 공부할 수 없었고, 아버지처럼 공증인 길드에 가입할 수도 없었으니까요. 나는 순순히 아버지의 뜻을 따랐습니다.

나는 아버지의 추천으로 베로키오의 보테가에서 견습생 생활을 시작했습니다. 베로키오는 아버지의 친구이자 뛰어난 수완을 가진 장인이었습니다. 그의 보테가는 피렌체의 여러 보테가들 중 제일 규모가 큰 곳이었습니다. 나를 비롯한 견습생들은 황토색 거리가 어둠에 잠길 때까지 점토를 빚거나 색을 칠하며 기술을 연마했습니다. 그리고 밤에는 마구간 같은 짚더미에 누워서 잠들기 전까지 음악, 문학, 철학, 정치, 과학, 의학, 연금술에 관한 이야기를 나누었습니다. 그런 이야기를 하면 어른이 된 것 같았고, 장인이 되는 시간도 그만큼 가까워지는 것만 같았으니까요.

베로키오 보테가에서 지내며 나는 금세 재능을 인정받았습니다. 베로키오는 의뢰받은 작품의 가장 중요한 부분, 이를테면 성모화 속 인물의 표정 스케치 같은 것들을 내게 맡겼습니다. 내 작업물은 언제나 베로키오의 기대를 훨씬 뛰어넘었고, 어느새 나는 보티첼리와 더불어 베로키오의 신임을 얻는 견습생이 되었습니다.

*

그날 규남은 뜬눈으로 밤을 지새웠다. 눈이 시릴 때까지 핸드폰을 바라보면서.

핸드폰 화면에는 Warning 불법·유해 정보(사이트)에 대한 차단 안내, 라고 적힌 페이지가 떠 있었다. 규남은 실성한 사람처럼 여러 번 웃음을 터뜨렸다.

5

해가 저물고 거리가 어둑해질 무렵, 규남과 태성은 금명제지를 나섰다. 평소 규남은 어깨를 축 늘어뜨린 채로 태성의 뒤를 따랐는데, 그날은 앞장서서 길을 걸었다. 규남이 그렇게 앞장서서 향한 곳은 금명제지 근처의 편의점이었다. 규남은 편의점에서 페트병에 담긴 맥주와 소주, 과자 몇 봉지를 집었다. 계산을 마친 규남은 곧바로 편의점 입구에 놓인 플라스틱 테이블에 자리를 잡았다.

태성은 처음 보는 규남의 행동에 어떤 반응을 보여야 할지 몰라서 멀뚱히 서 있기만 했다. 규남은 자신의 맞은편에 종이컵을 놓고 태성에게 앉으라는 손짓을 했다. 태성이 떨떠름한 얼굴로 규남의 맞은편에 앉았다. 규남이 태성 앞에 놓인 종이컵에 소주와 맥주를 부었다.

—무슨 일인데요.

태성이 못마땅한 표정을 지은 채 말했다. 규남은 대답 대신 종이컵에 담긴 술을 들이켰다. 규남의 인상이 한껏 구겨졌다. 규남은 쉬지 않고 계속 술을 따라 마셨다. 예감이 좋지 않았다. 어쩐지 불길한 일이 벌어질 것만 같았다.

—태성아, 너 도스토옙스키라고 아니?

도, 도스, 토옙스키……? 들어본 적이 있기는 한데…… 뭐, 뻔하지. 예술가나 철학자 둘 중 하나겠지. 규남은 언제나 그런 사람들에 대해서만 떠드니까. 태성이 짧게 고개를 끄덕였다.

—그럼 도스토옙스키가 꾼이었다는 것도 알아?

태성이 아무 대답이 없자 규남은 그럴 줄 알았다는 표정을 지으며 다시 입을 열었다.

—꾼. 도박꾼 말이야. 근데 이 양반이 도박에는 소질이 없었지. 라이크 미. 그래서 매일 빚을 지는 거야. 그러다가 빚을 갚으려고 글을 쓰고. 그런데 말이야, 문득 이런 생각이 든다. 도스토옙스키가 빚이 없었다면 소설을 쓸 수 있었을까. 『죄와 벌』이라는 소설도 그렇게 탄생한 거야. 사십구 일 만에. 도박 빚을 갚으려고.

태성은 규남의 주정을 가만히 듣기만 했다. 취기가 오른 규남은 계속해서 말을 이었다. 자신의 몸에 도스토옙스키가 빙의됐다, 그래서 도스토옙스키처럼 도박에 몰두할 수밖에 없었다, 자신은 19세기에 러시아에서 태어났어야 했다, 아니, 어쩌면 하늘의 계시

일지도 모른다…… 불현듯 태성은 규남의 횡설수설하는 말이 주정만은 아닐지도 모르겠다고 생각했다. 다시금 불길한 예감이 끼쳤다.

—그게 무슨 소리예요.

규남이 대답 대신 고개를 젖히고 웃음을 터뜨렸다. 길을 건넌 사람들이 이상한 눈초리를 보낼 만큼, 아주 오래도록.

규남은 덤덤한 표정으로 그동안 벌어진 일들을 털어놓았다. 얼마 전부터 돈을 벌기 위해서 그간 함께 모은 돈과 집주인에게 미리 돌려받은 보증금으로 불법 프로토*를 했다고. 그리고 그 사이트가 오늘 새벽 문을 닫았다고.

—태성아, 형은 말이야, 꼭 도스토옙스키가 된 거 같아.

…

……

………이게 무슨 거지발싸개 같은 소리인가. 태성은 규남의 말이 믿기지 않았다. 아니, 믿을 수가 없었다. 태성은 규남이 내뱉은 말을 찬찬히 곱씹었다. 그러니까 함께 모은 돈을('연극'을 만들기 위한!), 그것도 모자라 월세 보증금까지 도박으로 날려버렸다는 건가, 지금. 그게 말이 되나. 만약 그게 사실이면 어떻게 이렇게 태연할 수가 있나.

* 스포츠 도박의 한 종류.

규남은 멍한 표정의 태성에게 자신의 핸드폰을 내밀었다. 규남의 핸드폰 화면에는 은행 앱이 실행중이었는데, 알지 못하는 이름의 사람과 적게는 오만원부터 많게는 삼백만원까지 돈을 주고받은 내역이 찍혀 있었다.

태성은 고개를 들었다. 담배를 문 규남이 라이터로 불을 붙였다. 태성은 눈으로 규남이 내뿜는 연기를 좇았다. 도스토옙스키라고……? 도스토옙스키는 얼어죽을, 이런 도둑놈의 새끼가! 어느새 태성의 눈가에 눈물이 고였다. 아, 내가 이런 도둑놈의 새끼한테 속아서 팔자에도 없는 일까지 했다니……

— 태성아, 아직 끝난 건 아니야. 나한테 굉장한 계획이 있거든.

태성에게는 대꾸할 기운조차 남아 있지 않았다. 그때 태성의 머릿속에는 오직 오백만원에 대한 생각뿐이었다. 규남이 일언반구도 없이 집주인에게 돌려받은 보증금 오백만원에 대한.

그 오백만원은 태성이 스무 살 시절 카페와 피시방에서 아르바이트를 하며 모은 돈이었다. 딱히 무엇을 하려고 모은 건 아니었지만 막연하게 대학에 가면 쓰겠다는 생각을 갖고 있었다. 하지만 이토록 허무하게, 한 번 제대로 써보지도 못한 채, 도둑놈의 새끼한테 속아서 날려버릴 줄은 몰랐다.

— 괜찮아. OMR 카드가 있잖아.

괜찮긴 뭐가 괜찮아, 이 도둑놈의 새끼야. 태성이 규남을 노려보았다. 규남이 심각한 표정을 지은 채 주변을 살폈다. 그리고 마치 대단한 비밀을 털어놓는 것처럼 목소리를 낮추고 입을 열었다.

—OMR 카드로 사기를 치는 거야.

태성이 무슨 소리냐는 표정을 짓자, 규남은 OMR 카드를 미끼 삼아 수험생 부모들에게 사기를 치겠다고 말했다. 그들이 일하는 금명제지에서 올해 수능 시험지와 OMR 카드를 찍어낸다는 거짓말을 통해서. 그래서 있지도 않은 수능 시험지를 팔겠다는 말 같지도 않은 소리를 내뱉었다.

—그걸 지금 말이라고 하는 거예요?

태성의 표정이 잔뜩 일그러졌다.

—백남준이 그랬어. 예술은 사기라고. 그러니까 우리는 이제 진짜 예술을 위한 예술을 하게 되는 거야.

규남의 말이 끝나자마자 태성은 테이블 위에 있는 소주병을 바닥으로 집어던졌다. 깨진 소주병 조각들이 바닥에 나뒹굴었다.

—에이 씨발 진짜, 왜 여기서 백남준이 나와요, 백남준이! 백남준이 무슨 형 가족이야? 아니면 뭐 친구라도 되는 거예요? 그놈의 개똥철학은 씨발, 진짜!

그때 태성은 머리끝까지 차오른 화를 참을 수가 없었다. 프로토로 돈을 날린 것도 모자라 있지도 않은 수능 시험지를 팔겠다는 헛소리에도 화가 났지만, 더 화가 나는 건 이런 순간에도 백남준이니, 예술이니 하는 말들을 늘어놓는다는 것이었다. 태성은 정말이지 규남이 내뱉는 그놈의 예술이니, 예술가니, 무슨무슨 주의니, 리즘이니, 니즘이니 하는 말들에 진절머리가 났다.

편의점 주변의 가게들이 하나둘 문을 닫았다. 규남과 태성은 말없이 테이블 의자에 앉아 있었다.

—미안해…… 오백만원은 어떻게든 다시 만들어놓을게. 조금만 기다려줘.

규남이 조금은 움츠러든 목소리로 말했다. 태성은 한참 후에야 입을 뗐다.

—진짜로 할 거예요?

—뭘.

—시험지 판다는 거.

규남이 망설임 없이 고개를 끄덕였다. 태성의 입에서 헛웃음이 터져나왔다. 있지도 않은 시험지를 팔겠다니, 어처구니가 없었다. 규남의 말대로 어느 모자란 수험생 부모에게 수능 시험지를 건넨다는 조건으로 돈을 받는다고 치자. 그럼, 그다음은? 감옥에 가겠지, 씨발, 무슨 말 같지도 않은 소리를.

태성이 의자에서 몸을 일으키자 규남이 태성을 붙잡으며 황급히 말을 꺼냈다.

—이게 시험지는 필요 없는 일이거든. OMR 카드만 있으면 충분해. 학부모가 우리한테 시험지가 있다고 믿게만 하면 게임은 끝이야. 어차피 수험생은 수능을 보지 않을 테니까.

수험생이 수능을 보지 않는다니, 이건 또 무슨 신박한 헛소리인가. 태성이 규남을 쏘아보았다.

—그 수험생을 연극의 매력에 빠뜨리는 거지. 우리가 만들 연극의 배우로 쓰는 거라고. 그래서 수험생은 수능을 포기하고 우리와 함께 연극을 만드는 거지.

환장하겠네, 진짜. 태성이 절레절레 고개를 흔들었다.

◇

다빈치 나는 견습생 생활 육 년 만에 화가 조합에 가입했습니다. 다른 견습생들이 화가 조합에 가입하기까지 걸리는 세월이 십삼 년 남짓인 것을 따졌을 때, 나는 그 절반의 시간 만에 정식으로 화가가 된 것이지요.

화가가 된 후 얼마 지나지 않아 베로키오 보테가에서 독립했습니다. 나는 내 재능에 자신이 있었고 한시라도 빨리 내 재능을 세상에 선보이고 싶었습니다. 베로키오는 나의 비례와 빛의 그림자까지 그려넣는 솜씨는 피렌체에서 누구도 따라 할 수 없는 것이라고 말했습니다. 하지만 나의 진정한 재능은 아름다움을 좇는 일이었습니다. 그게 나의 가장 큰 재능이었던 것이지요.

물론 쉬운 일이 아니었습니다. 다른 화가들이 메디치 가문의 후원을 얻기 위해서 그림에 무작정 메디치 가문의 사람들을 그려넣어 그들의 환심을 사는 일을 나는 하지 않았지요. 피렌체에서 메디치 가문의 후원 없이 제대로 된 작품을 완성하는 것이 불가능한 일이라는 것쯤은 나 역시 알고 있었습니다. 후원자를 향한 적당한 아첨은 나와 같은 화가들에게는 색을 배합하는 능력만큼이나 중요하다는 것도. 하지만 나는 그럴 수 없었습니다.

내가 메디치 가문의 사람들을 작품에 그려넣지 않은 이유는 그들이 그림에 어울리지 않아서였습니다. 그건 아름다움을 배신하는 일이었으니까요. 물론 아름다움을 좇는 것은 물을 쥐는 일처럼 아득하기만 했지만, 그러나, 그럼에도, 나는 알고 싶은 것들이 있었습니다.

6

규남은 금명제지에서 나오자마자 평촌 학원가로 가는 마을버스에 올라탔다. 규남은 아주 잠깐 자신이 불가능한 임무를 수행하는 첩보물의 주인공이 된 것 같은 착각에 사로잡혔다. 손바닥에 슬며시 땀이 고였다. 규남은 앞으로 멘 가방에 손바닥을 문질렀다. 가방에는 낮에 공장에서 슬쩍한 모의고사 OMR 카드가 영역별로 들어 있었다. 규남은 가방을 매만지며 할 수 있다고, 속으로 말을 삼켰다.

그런데 무엇을?

무엇을 할 수 있을까.

뭐든 할 수 있다고, 규남은 다시 말을 삼켰다. 이제 막 발상이 떠오른 이야기처럼, 인물도, 사건도, 갈등도, 결말도, 지금은 모든 게 희미하지만 학원가를 돌아다니다보면 무언가가 일어나리라 믿기로 했다. 만약 평촌 학원가에서 아무것도 얻지 못한다면, 그럼 서울과 경기도에 있는 학원가들을 모조리 가보리라 다짐했다. 일주일이 흐른 뒤 규남은 다짐대로 분당, 부천, 목동, 노원 등 서울과 경기도에 있는 학원가를 떠돌아다녔다.

자정이 훨씬 넘은 시간, 규남이 방문을 열었다. 분당과 안양을 오가는 광역버스 막차를 타고 돌아오는 길이었다. 태성은 잠들지 않은 채 핸드폰을 들여다보고 있었다. 규남은 씻지도 않고 곧바로 태성 옆에 누웠다. 태성이 등을 돌렸다. 규남의 속 깊은 곳에서 한숨이 흘러나왔다. 학원가를 계속 돌아다니고는 있었지만 무슨 뾰족한 수가 떠오르는 것은 아니었다. 실제로 규남은 카페나 패스트푸드 가게에서 자식을 기다리는 부모들에게 말을 걸어보려고도 했지만 막상 무슨 말을 꺼내야 할지 떠오르지가 않았다. OMR 카드를 내밀며 말을 걸었다가 괜한 의심을 사서 경찰에게 신고를 당하지는 않을까, 라는 걱정에 사로잡히기도 했다. 결국 규남은 아무것도 하지 못한 채 막차를 타고 집으로 돌아오기 일쑤였다.

—태성아, 인생이 꼭 감옥 같다.

규남이 한숨 섞인 넋두리를 내뱉었다.

—감옥 가봤어요?

—……

—가봤냐니까.

—……

—가본 적도 없는 주제에.

—메타포였어……

메타포는 개뿔. 태성은 감옥에 가고 싶으면 언제든지 말해요, 확 보내버릴라, 라고 말하려다가 관두었다. 규남은 아직 가보지 않은 학원가들을 떠올리며 잠을 청했다. 잠시 후, 방안에 규남의 코 고는 소리가 울려퍼졌다.

7

퇴근시간의 지하철은 언제나 사람들로 가득했다. 규남은 지하철보다는 버스를 더 선호했지만 어쩔 수 없이 지하철을 타야 할 때가 있었다. 언제부턴가 규남은 지하철을 탈 때마다 퇴근하는 또래 사람들의 옷차림과 자신의 옷차림을 비교하게 되었다. 규남은 항상 땀에 젖은 티셔츠에 무릎이 늘어난 쥐색 바지를 입었는데, 또래 남자들의 단정한 옷차림을 볼 때면 이상한 감정과 마주하게 됐다. 주눅까지는 아니지만, 조금은 뒤처지고 있다는…… 그래서 규남은 지하철을 탈 때면 창밖으로 시선을 고정했다.

가끔씩 창밖으로 붉게 물든 한강이 보였다. 때때로 규남은 한강에 몸을 던지는 상상을 하곤 했다. 또 어느 때는 영화 〈박하사탕〉의 한 장면처럼 두 팔을 벌리고 선로 위에 서서 다가오는 열차를 향해 나 다시 돌아갈래, 하고 외치고 싶었다.

그리고 그때마다 규남은 고개를 가로저으며 가방에 있는 OMR 카드를 떠올렸다. 때때로 OMR 카드는 부적처럼 꽤 큰 용기, 혹은 그와 비슷한 무언가를 북돋워주었다. 하지만 또 어느 때는 그저 종이 쪼가리에 불과했다.

어쩌면 태성의 눈치가 보여 마지못해 학원가를 떠돌아다니는지도 모르겠다고, 규남은 생각했다. 마치 명예퇴직을 당한 뒤 인력사무소나 프랜차이즈 창업 설명회를 다니는 아버지들처럼. 규남은 다시 마음을 다잡았다. 어쨌거나 믿을 건 OMR 카드뿐이었다.

규남이 지하철에서 다짐을 되새기고 있을 무렵, 태성은 방안에 누워서 핸드폰 게임을 하다가 규남을 떠올렸다. 태성의 입에서 저절로 욕지거리가 흘러나왔다. 태성은 베고 있던 베개를 벽으로 집어던졌다.

차라리 비트코인을 사지, 돈을 벌겠다고 한 게 고작 프로토라니! 생각할수록 화가 치밀었다. 하다못해 오백만원어치 로또를 샀어도 이렇게 화가 나지는 않았을 텐데. 태성은 하루에도 수십 번씩 규남을 떠올렸고, 그때마다 무언가를 집어던지거나 욕을 내뱉어야만 했다.

잠시 후 태성은 허전한 머리맡 때문에 뒷목과 어깨에 뻐근한 통증을 느꼈고, 그래서 짜증이 솟았고, 손을 휘저으며 집어던질 만한 것을 찾았다. 마땅한 게 잡히지 않았다. 태성은 허공을 향해 발길질을 하며 다시 한번 규남을 욕했다.

그리고 그렇게 한바탕 분노를 표출하고 나면 어김없이 어떤 질문이 찾아왔다. 나는 도대체 왜 이 도둑놈의 새끼를 신고하지 않는가.

실제로 태성은 하루에도 몇 번씩 금명제지를 뛰쳐나가 경찰서로 달려가서 규남을 신고하고 싶은 충동에 시달렸다. 하지만 선뜻 실행에 옮기지는 못했는데, 만약 규남을 신고하면 그럼 정말로 그동안의 시간이 쓸모없어지니까, 자신이 진짜로 속은 사람이 되니까, 그건 돌이킬 수 없는 일이니까, 그래서 신고할 수 없었던 것이었다. 하지만 이건 뒤늦게 깨닫게 된 것이었고 그때 태성은 지난겨울에 규남에게서 걸려온 전화를 받아서 이런 일이 벌어진 것이라고 자책할 뿐이었다. 지난겨울 규남에게서 걸려온 전화를 받았을 때 태성은 아이처럼 기뻐했었다. 그때의 자신의 모습이 떠올라 태성은 어느 때보다 크게 욕을 내뱉으며 허공으로 발길질을 했다.

8

교대역은 환승을 하려는 사람들로 가득했다. 규남은 앞을 바라보면서 걸었다. 오로지 앞만 바라보면서.

한 번도 뒤돌아보지 않았다. 뒤돌아보지 않아도 태성이 뒤따라오는 것을 알았다. 규남은 그럴 수만 있다면 인파 속으로 제 몸을 감추고 싶었다. 그래서 태성이 다시 안양으로 되돌아가기를, 정말이지 간절하게 바랐다.

그러나 규남의 간절한 바람과 달리 태성은 한순간도 규남의 뒷모습을 놓치지 않았다. 태성은 학원가를 돌아다닌다는 규남의 말을 믿지 않았다. 있지도 않은 수능 시험지를 팔겠다는 것도 애초부터 말이 안 됐다. 그래서 태성은 규남이 학원가를 돌아다니는 게 맞는지, 만약 맞는다면 그곳에서 무얼 하는지 확인하기 위해

직접 규남을 따라나서기로 했다. 5월의 어느 날이었다.

대치동 학원가는 규남이 상상했던 모습과 달랐다. 규남은 신도시처럼 깨끗하고 반듯한 건물들이 구획별로 들어찬 모습을 상상했었다. 하지만 실제 건물들은 하나같이 낡아 있었고, 밖에 설치된 에어컨 실외기는 떨어질 것처럼 위태로워 보였다. 그리고 도로에는 이런 낡은 외관과는 어울리지 않는 외제차들이 빼곡하게 정차해 있었다.

규남은 다른 학원가에서 그랬던 것처럼 방향 없이 되는대로 길을 걸었다. 등뒤에서 자신을 채근하는 태성의 시선이 느껴졌다. 얼마 안 돼 규남은 숨이 가빠오고 등에서 식은땀이 흘렀다. 설마 이게 말로만 듣던 공황장애라는 건가…… 규남은 호흡을 고르기 위해서 잠시 걸음을 멈추었다. 그 앞으로 빵집이 있었다. 규남은 빵집에서 빵을 고르는 사람들과 메뉴판을 물끄러미 바라보다가 별안간 눈가에 눈물이 고이는 것을 느꼈다.

—무슨 소보로빵이 삼천구백원이냐.

눈가에 고인 눈물이 두 뺨으로 흘러내렸다. 규남은 그 순간 자신의 몸 어디선가 쩍, 하고 무언가가 부서지는 소리를 들었다. 공상과학영화의 주인공처럼 어느 행성에 홀로 버려진 심정이었다. 아니, 차라리 그러기를 바랐다. 도망치고 싶었다. 대치동에서, 태성에게서, 금명제지에서, 그리고 세상에서.

규남은 두 눈을 비비고는 다시 길을 걸었다. 무언가에 부딪혀

아주 잠깐 세상이 기울어질 때까지.

그런 규남이 태성에게는 도심에 출몰한 한 마리의 멧돼지 같았다. 규남의 맞은편에서 길을 건던 사람들이 놀란 표정을 지으며 몸을 피했다. 태성이 여러 번 규남을 불렀지만 규남의 발걸음은 빨라질 뿐이었다. 그때 태성은 엽사가 되어 멧돼지 같은 규남을 총으로 쏴버리고 싶었다. 그러다 어느 순간 규남이 길모퉁이에서 모습을 감췄을 때는 정말로 끝, 이라고 마음먹었다. 내일, 아니, 지금 당장 경찰서로 가서 저 도둑놈의 새끼를 신고하는 거다.

잠시 후, 규남이 사라진 길모퉁이에서 굵은 클랙슨 소리가 울렸다.

규남은 공에 맞은 볼링 핀처럼 바닥에 쓰러져 있었다. 그 모습을 보자마자 태성의 두 다리가 굳었다. 아무런 생각도 떠오르지 않았고, 그저 느낌, 땅이 꺼져서 어디론가 추락하는 듯한 느낌만이 태성의 온몸을 휘감았다.

규남이 바닥에서 찬찬히 몸을 일으켰을 때, 태성은 하마터면 다리가 풀려서 길바닥에 주저앉을 뻔했다. 다행이라고 생각하면서도 머리끝까지 화가 치밀어올랐다. 아, 저 도둑놈의 새끼는 도대체 나한테 왜 이러는 걸까!

운전석에 있던 여성이 황급히 차에서 내렸다. 바닥에서 몸을 일으킨 규남은 어안이 벙벙한 채로 자신에게로 다가오는 그 여자와 태성을 번갈아 쳐다보았다.

—에이, 씨발 진짜!

태성이 규남을 노려보며 차의 앞바퀴를 걷어찼다. 규남 옆에 서 있던 여자가 깜짝 놀라서 나지막이 비명을 내질렀다. 그리고 그때까지 조수석에 앉아 있던 한 소년이 곧바로 차에서 내렸다. 그애가 바로 한솔이었다. 한솔은 차에서 내리자마자 태성에게 달려들었다. 순식간의 일이었다.

태성과 한솔은 격투기 선수들처럼 서로 엉킨 채 도로 위를 뒹굴었다. 여자가 한솔의 어깨를 붙잡으며 두 사람을 갈라놓을 때까지. 그녀는 한솔을 조수석에 태운 후에 갓길로 차를 몰았다. 한솔은 가쁜 숨을 몰아쉬며 백미러를 쳐다보았다. 백미러로 규남이 태성의 티셔츠에 묻은 모래를 털어주려고 손을 뻗는 모습과, 태성이 규남의 손을 뿌리치는 장면이 보였다. 그사이, 그녀의 입에서 실망이라는 단어와, 달려들었던 사람에게 사과를 하라는 말들이 쏟아졌다. 한솔은 계속해서 입을 다물고만 있었다. 그녀는 여러 번 한솔의 이름을 불렀고, 그때마다 그녀의 목소리가 커졌다. 한솔은 결국 마지못해 알겠다고 대꾸했다.

그녀가 먼저 차에서 내렸고, 한솔도 그녀를 따라 차에서 내렸다. 한솔이 쭈뼛거리며 태성을 향해 고개를 숙이자 그녀가 한솔의 이름을 부르며 고함을 내질렀다.

—죄송합니다.

한솔이 조금 전보다 더 깊이 허리를 숙이며 입을 벌렸다. 그녀도 한솔을 따라 고개를 숙였다.

—정말로 죄송합니다. 변명처럼 들리시겠지만 애가 수험생이라서 예민해서 그랬습니다. 다 제가 자식을 잘못 키워서 벌어진 일입니다.

규남과 태성은 계속해서 어리둥절한 표정을 지을 뿐이었다.

9

차 안의 공기는 숨막혔고, 규남은 조심스레 창문을 열었다. 규남은 차 안으로 흘러들어온 공기를 힘껏 들이마셨다.

조금 전, 그녀는 단호한 말투로 지금 당장 병원에 가자고 말했다. 규남은 그 제안을 거절했지만 그녀는 거절이 뭔지를 모르는 사람처럼 같은 말을 되풀이했다. 규남은 그녀와 짧은 실랑이를 벌이다가 결국 그녀의 차에 올라탔다. 태성 역시 얼떨결에 차에 타게 되었다.

차가 강남세브란스병원에 도착할 무렵, 태성은 정신을 차리고 조금 전에 벌어진 일들을 되짚어보았다. 조수석에 앉은 소년이 자신에게 달려들었던 일과, 그전에 규남이 멧돼지처럼 길을 누볐던 일을.

병원에 가까워질수록 태성은 어떤 의심에 사로잡혔다.

설마 여기까지 와서 한다는 게 고작 보험사기란 말인가……

태성의 의심은 점점 더 확신으로 변해갔다.

—내장에 지방이 좀 많으시네요……

응급실 의사가 CT 사진을 들여다보며 말했다. 의사는 심드렁한 표정을 지은 채 교통사고 후유증으로 의심될 만한 것은 딱히 보이지 않는다고 덧붙였다. 규남은 의사의 말을 건성으로 흘려들었다. 그리고 장발장도 아닌데 별안간 빵가게 앞에서 눈물이 흐른 이유에 대해서 생각했다. 그러니까 그 이상한 감정의 동요에 대해서.

말로만 듣던 대치동과, 대치동이라는 이름과 어울리지 않는 낡은 건물들과, 그 낡은 건물 안에서 진짜 낡음이라고는 평생 구경조차 하지 않았을 사람들이 빚어내는 이질감이 자신의 어딘가를 건드린 것이라고, 규남은 생각했다.

잠시 후, 간호사가 빨간 소독약을 묻힌 솜으로 규남의 까진 팔꿈치를 문질렀다. 이대로 끝낼 수는 없다고, 어쩌면 이 우연 같은 사고가 마지막 기회일지도 모른다고, 규남은 다시 생각했다. 규남은 응급실에 실려오는 사람들의 비명을 들으며 죄를 짓는 기분에 사로잡혔지만 이내 모질게 마음을 먹기로 결심했다.

세번째 전화였다. 태성은 규남의 전화를 받지 않았다. 규남이

CT 사진을 찍으러 간 사이 태성은 말도 없이 사라져버렸다. 결국 규남은 그녀와 함께 주차장으로 향했다. 주차장에 도착할 때까지 규남은 하얀색 거즈가 붙은 팔꿈치를 감싼 손을 한 번도 내려놓지 않았다. 주차장에 도착한 후 그녀는 규남을 향해 고개를 숙이고는 무슨 일이 생기면 연락을 달라는 말과 함께 명함을 내밀었다.

—벤틀리였구나……

규남은 주차장에 우두커니 서서 멀어져가는 그녀의 자동차 후미등을 오래도록 바라보았다.

버스와 지하철은 끊긴 지 오래였다. 태성은 여전히 전화를 받지 않았다. 규남은 태성에게 연락을 달라는 메시지를 보낸 후 병원 본관으로 향했다. 본관 일층에는 환자의 보호자로 보이는 몇몇 사람들이 의자에 누워서 쪽잠을 자고 있었다. 규남은 첫차가 다닐 때까지 의자에 앉아서 시간을 보내기로 마음먹었다. 규남은 의자에 앉자마자 그녀에게 받은 명함을 주머니에서 꺼냈다.

DH Group
Jane H. Choe
CFO
010-****-****

규남은 핸드폰을 꺼내들고 DH그룹을 검색했다. DH그룹은 연매출 육천억의 의류 기업으로 열다섯 개의 계열사를 거느리고 있었는데, 그중 몇 개는 길거리나 백화점에서 흔히 볼 수 있는 브랜드였다. 규남은 계속해서 DH그룹과 관련된 기사를 찾아 읽었다. 그리고 어느 기사에서 DH그룹의 회장과 함께 활짝 미소를 짓고 있는 그녀의 사진을 발견했다. 그 기사의 제목은 '아버지를 이어 패션왕을 꿈꾸는 딸'이었는데, 기사에는 중국 시장에 진출하여 내년까지 연매출 일조를 달성하겠다는 그녀의 인터뷰가 실려 있었다.

어쩌면.

어쩌면……

정말로, 어쩌면……

규남의 눈앞으로 얼룩 하나 묻지 않은 하얀색 벤틀리가 아른거렸다.

◇

다빈치 할아버지와 아버지의 뒤를 이어 피렌체의 통치자가 된 로렌초 데메디치는 끝 모를 야망과 명석한 두뇌를 지닌 인물이었습니다.

이 야망가는 어린 시절부터 의학, 법학, 시학, 수학, 수사학, 논리학, 천문학, 라틴어, 그리스어를 배웠으며 매사냥과 창술에도 두각을 보였습니다. 더불어 자신이 얼마나 예술을 사랑하는지를 알리기 위해서 수많은 예술가들을 후원했지요. 그의 할아버지와 아버지 역시 브루넬레스키와 같은 예술가들을 후원하기는 했지만, 그들은 스스로를 은행가이자 정치가로 여겼으며 언제나 자신들의 사무실에 머물렀습니다. 하지만 로렌초는 사무실보다는 자신의 궁전에 오래 머물렀습니다. 그리고 여러 예술가들을 그곳으로 초대했습니다. 나도 그의 초대를 받아 먼발치에서 그를 보곤 했습니다. 그는 언제나 사람들에게 둘러싸여 있었고, 때때로 자신이 썼다는 시를 낭송하곤 했습니다. 그의 시는 제법 재치가 있었지만, 깊은 울림까지 주지는 못했습니다. 물론 이 사실을 입 밖으로 꺼내는 사람은 아무도 없었고, 그는 언제나 사람들에게 둘러싸여 환호와 갈채를 받았지요.

10

규남은 며칠간 자신의 몸 어딘가가 아프기를 바랐다. 정말이지 간절하게. 하지만 교통사고 후유증으로 의심될 만한 통증은 느껴지지 않았다. 규남은 처음으로 자신의 살을 원망했는데, 그날, 살이 쿠션 역할을 해서 아무 곳도 다치지 않았다는 결론을 내렸다. 규남은 자신의 살을 원망하면서 매일 핸드폰을 만지작거렸다. 그리고 하루에도 몇 번씩 그녀의 번호를 눌렀다가 지웠다.

규남이 그녀의 전화를 받은 것은 사고가 난 지 정확히 일주일이 지난 후였다. 그녀는 해외출장을 다녀오느라 연락이 늦었다며 거듭 죄송하다고 말했다. 그러고는 몸은 좀 어떠냐고 물은 뒤 슬며시 태성의 안부를 물었다. 규남은 그녀가 대치동 한복판에서 자신의 아들이 태성에게 달려들었던 일을 마음에 담아두고 있다는 것을 눈치챘다. 놓칠 수 없는 기회였다. 규남은 서둘러 그녀와 약속을 잡았다. 그녀는 전화를 끊기 전까지 여러 번 태성도 함께 와달라고 말했다.

그날 밤, 규남은 태성에게 그들을 만나러 가자는 말을 꺼냈다.

—차가 벤틀리였다니까. 너가 그때 먼저 가지만 않았어도 삼억짜리 차 뒤태가 어떤지 볼 수 있었을 텐데.

태성은 규남을 외면한 채 바닥에 누워서 핸드폰을 들여다보았다. 규남은 잠깐 뜸을 들였다가 다시 입을 열었다.

—너한테 사과를 하고 싶어하는 거 같아.

—그럼 직접 오라고 해요.

태성은 여전히 규남에게 눈길조차 주지 않은 채 대답했다.

—걔도 나올 거야.

—……

—어쩌면 기회일지도 몰라.

기회라고……? 태성은 핸드폰을 내려놓고 규남을 빤히 바라보았다. 규남의 눈은 전과 달리 생기로 가득했다. 진짜로 보험사기가 맞았구나.

—형.

—응.

—그렇게 살면 좋아요?

—뭐가.

—사기꾼으로 살면 좋냐고요.

—사기? 태성아, 내가 전에도 한 번 말하지 않았니. 백남준이……

규남은 자신을 노려보는 태성의 눈빛에 말을 끝맺지 못한 채 입을 다물었다. 태성은 한참 동안 규남을 노려보다가 이부자리를 폈다. 태성은 그들과 다시 마주하고 싶지 않았다. 그들과 만나는 건 상상만으로도 불편했고 또 어딘지 모르게 조금 겁도 났는데, 그 이유는 알 수 없었다. 그리고 그것과는 별개로 태성은 자꾸만 이런 상황을 만드는 규남에게 화가 났다.

물론 규남과 함께했던 모든 일들이 다 짜증스러운 것은 아니었다. 전생처럼 아득히 먼 옛날이기는 하지만 좋기만 한 시절도 있기는 했다.

그날은 태성이 다니던 중학교의 축제날이었다. 강당의 조명이 꺼지고 스피커에서 경쾌한 왈츠가 흘러나왔다. 태성은 바닥에 붙어 있는 야광 테이프를 밟아가며 무대 위로 올라섰다. 무대에 선 태성의 두 다리가 후들거렸다. 태성은 객석의 웅성거리는 소리를 들으며 여러 번 마른침을 삼켰다. 장이 꼬인 것처럼 아랫배가 아파와서 무대를 할 수 없을 것만 같았다. 무대에서 내려가야겠다고 마음을 먹었는데 다리가 움직이지 않았고, 그사이 스피커 볼륨이 줄어들면서 조명이 켜졌다. 잠시 후 태성은 자신을 바라보는 수백 개의 눈동자와 마주했다. 머리가 멍했고, 아무것도 떠오르지 않았다. 자신의 이름을 부르며 깔깔거리는 친구들의 목소리에 정신이 아득해질 즈음, 태성은 무대 아래에서 손을 휘저으며 자신의 이름을 부르는 또다른 목소리를 들었다. 규남이 무대 아래에서 입 모양으로 첫 대사를 알려주고 있었다. 그제야 정신을 차린 태성은 다시 한번 마른침을 삼킨 후 규남이 알려준 대사를 내뱉었다. 연극이 시작되었다.

그날, 태성은 안톤 체호프의 단막극 「청혼」을 각색한 작품의 주인공으로 무대에 올랐다. 삼십 분 남짓한 시간 동안 태성은 자신이 맡은 배역에 완전히 몰입했다. 시간이 어떻게 흘렀는지 알아차리지 못할 정도였다. 커튼콜을 위해 다시 무대에 올랐을 때에야 태성은 자신이 한 일이 무엇이었는지를 실감할 수 있었다. 태성을 향해 함성과 박수가 쏟아졌다. 그건 태성이 태어나서 처음으로 받은 관심이었다. 그리고 그 순간, 태성은 배우가 되겠다고 결심했다.

◇

다빈치 어린 시절부터 꿈꿨던 모든 것을 가질 수 있었던 로렌초의 삶에서 예술은 단 하나의 미스터리였을지도 모릅니다.

그는 대단한 심미안을 지니고 있었으나 예술을 감상하는 것과 창작하는 것을 구분하지 못했습니다. 아니, 어쩌면 그의 심미안이 그를 괴롭혔을지도 모릅니다. 그는 감상을 하는 것에만 머물고 싶지 않았을 테니까요.

때때로 내가 시시각각 변모하는 빛과 무한히 뻗어가는 선 때문에 붓을 내려놓고 한참 동안 생각에 잠기는 것처럼, 그 역시 시를 쓰다 말고 자신의 재능에 회의를 느끼며 몸을 떨었을 겁니다. 그리고 그런 감정은 대개 다른 이를 향한 분노나 질투로 발현되곤 하는데, 나는 내가 그 대상일지도 모르겠다는 생각을 하곤 했습니다. 피렌체에 내 이름이 알려진 후에도 나는 로렌초에게 그 어떤 작품 의뢰도 받지 못했으니까요. 나는 화가 조합에 가입한 후에도 피렌체 궁전 입구를 장식할 작은 조각상 하나 주문받지 못했습니다.

그리고 이런 나의 처지와는 무관하게 로렌초를 빛나게 해줄 사건들이 때마다 벌어졌습니다. 십자군원정을 소집한 교황과 맞서 싸운 일, 산타 마리아 델 피오레 대성당에서 교황과 파치 가문이 보낸 자객의 습격을 당한 일들 말입니다. 자객의 칼이 그의 목을 찔렀지만, 그는 살아났습니다. 하지만 그의 동생은 그곳에서 심장에 칼을 맞고 죽었지요. 피렌체 시민들의 분노는 하늘을 찔렀고, 메디치 가문의 인기는 시간이 흐를수록 치솟았습니다.

*

태성은 화물차 짐칸에 마지막 짐을 실었다. 핸드폰을 꺼내 시간을 확인하니 이미 낮 열두시가 지나 있었다. 태성은 화장실에 다녀오겠다며 자리를 비운 규남을 내버려둔 채 홀로 식당으로 향했다.

식당에는 금명제지 직원들 말고도 인근 회사의 직원들이 앉아서 밥을 먹고 있었다. 태성은 식판에 음식을 담은 후 구석진 곳에 자리를 잡았다. 태성이 밥을 먹기 시작한 지 얼마 지나지 않아 로잔이 맞은편에 앉았다.

—요, 태성. 이거 비프야?

로잔이 손가락으로 동그랑땡을 가리키며 물었다.

—아니, 돼지야.

—리얼리?

—그럴걸……

로잔은 의심스러운 표정으로 동그랑땡에 코를 갖다대고 킁킁거리며 냄새를 맡았다. 태성은 그 모습을 물끄러미 바라보았다. 네팔에서 왔다는 힌두교인 로잔은 태성과 동갑내기였는데, 그는 어느 때는 아이 같았고 또 어느 때는 산전수전을 다 겪은 노인처럼 보였다. 의심스러운 얼굴로 동그랑땡의 끄트머리를 씹던 로잔이 식당에 들어선 규남을 향해 손을 흔들었다.

잠시 후, 식판에 음식을 가득 담은 규남이 로잔 옆에 앉았다.

—말도 없이 먼저 가냐.

규남의 말에 섭섭함이 묻어 있었지만, 태성은 대꾸하지 않았다. 로잔이 태성을 대신해서 살가운 말투로 규남에게 말을 걸었다.

—형님, 요즘 룩 소 타이얼드.

—응? 타이얼드? 아, 맞아, 내가 요즘 좀 타이얼드하지.

—힘내요, 형님.

규남이 웃으며 미역국에 밥을 말았다. 규남은 밥을 먹으며 로잔과 이런저런 말을 주고받았다. 규남의 입안에 있던 밥알이 태성의 식판에 몇 번 튀었는데, 규남은 로잔과의 대화에 열중하느라 그 사실을 알아차리지 못했다.

—로잔, 네팔에도 학원 있어?

—하건……?

—학. 원. 학교 같은 건데.

—스쿨? 당연히 있지.

—아니, 스쿨 말고 스쿨 같은 건데, 그러니까 스쿨 끝나고 가는 플레이스.

로잔은 잠깐 생각에 잠겨 있다가 고개를 끄덕였다.

—있어.

—있다고?

로잔이 고개를 끄덕거렸다. 규남은 놀란 표정을 지었고, 태성 역시 밥을 먹다 말고 로잔을 바라보았다. 두 사람 모두 네팔에 학원이 있다는 게 믿기지 않았다.

—응. 나도 갔어.

—학원을 다녔다고?

—응. 네팔에는 다 있어. 에브리싱. 네팔에는 없는 거 없어.

—뭐, 등산 학원 같은 거?

규남이 웃으며 말했다. 태성도 잠깐 웃었다가 재빨리 웃음을 멈추었다. 로잔은 웃지 않았다. 로잔이 숟가락을 내려놓고 가슴에 손을 얹었다.

—그건 배울 수 없어. 배우지 못해. 하이킹. 마음 가졌다고 오를 수 없어. 마운틴, 그런 장소 아니야.

로잔은 그렇게 말한 후 다시 숟가락을 집어들었다. 실없는 농담에도 로잔은 항상 웃었지만 그날은 그렇지가 않았다. 테이블 주변으로 숙연한 분위기가 감돌았고, 규남은 로잔의 얼굴을 살피며 자신이 내뱉은 말들 중 로잔의 마음을 상하게 한 게 무엇이었는지를 고민했다.

—미안해, 로잔.

로잔은 대답 없이 계속 밥을 먹었다.

—네팔 무시한 거 아니야. 사람 사는 곳이 다 똑같지. 그럼 그럼. 네팔에도 당연히 학원이 있겠지. 네팔 좋은 나라인 거 나도 알아. 나도 한번 꼭 가보고 싶어. 엄홍길이 그랬어. 네팔이 세상에서 제일 아름답다고. 아 참, 로잔, 혹시 엄홍길이라고 알아?

—엄마길……?

—아니, 엄홍길이라고 산악인인데 네팔에 학교도 지었거든. 히말라야 16좌 오른 사람인데 엄청 유명해. 영화 〈히말라야〉 봤어?

황정민 나오는 거.

로잔이 고개를 저으며 모르겠다는 표정을 지었다. 규남은 한국의 여러 산악인들과, 산을 소재로 한 영화에 관한 말들을 늘어놓았다. 태성은 그런 규남을 한심한 눈빛으로 바라보았다. 이런 순간에도 엄홍길을 들먹이다니, 그냥 미안하다는 말만 할 수는 없는 걸까. 어쩌면 저것도 병일지 모르겠다는 생각이 들었다. 태성이 보기에 규남은 언제나 하지 말아야 할 말과 하지 않아도 될 말, 그 사이를 맴도는 인물 같았다.

◇

다빈치 피렌체에 내 이름이 알려진 이후, 호사가들은 언제나 내 이름을 입에 담았습니다. 그 수군거림은 기어이 내 귀까지 흘러들었지요.

사생아, 우유부단한 성미 때문에 의뢰받은 작품을 완성하지 못하는 게으름뱅이, 견습생 시절 이미 스승인 베로키오를 뛰어넘은 천재, 라틴어를 읽을 줄도 모르는 무식쟁이, 지독한 남성편력을 지닌 남색가…… 이것들은 사실이든 그렇지 않든 내게 아무것도 아닌 일들이었지만, 호사가들에게는 아무것도 아닌 일들이 아니었습니다.

그리고 그 사건*은 호사가들이 더욱 입방아를 찧도록 부추기는 계기가 되었지요. 그 사건 이후, 사람들은 나의 사소한 행동 하나에도 주석을 달았습니다. 내가 수염을 기르고 장밋빛의 옷을 즐겨 입는 이유가 어린 사내들을 유혹하기 위해서라는 소리까지 했습니다. 그건 꽤 짓궂은 농담 같았고, 나는 차라리 세상이 그저 농담에 지나지 않았으면 좋겠다고 생각했습니다. 세상이 그저 농담일 뿐이라면, 아름다움을 좇는 일도, 원인 모를 내 괴로움도 한없이 가벼워질 테니까요.

* 1476년 레오나르도 다빈치는 동성애 혐의로 피렌체 법정에 출두했다.

11

풍경 소리는 연극의 새로운 막을 알리는 소리 같았다.

규남은 서울 도심에, 그것도 강남 한복판에 이렇게 큰 절이 있다는 것을 처음 알게 되었다. 주말이라서 그런지 봉은사에는 제법 많은 사람들이 있었다. 기도를 드리러 온 사람들뿐 아니라 카메라로 사진을 찍는 외국인들도 제법 눈에 띄었다. 규남은 절을 둘러보기 전, 맞은편에 자리잡은 코엑스와 인터콘티넨털호텔을 물끄러미 바라보았다.

호텔 제일 위층에는 라운지가 있을까, 아니면 영화의 한 장면처럼 트레드밀이 있을까. 문득 규남은 그게 궁금했고, 인터콘티넨털호텔에서 바라보이는 풍경을 상상했다. 그 풍경은 쉽사리 떠오르지 않았다. 규남은 상상할 수 없는 풍경을 떠올리려고 애쓰는 대신 절 곳곳을 돌아다녔다. 불상과 탑을 바라보며 두 손을 모은 채 절을 하거나 촛불을 켜는 사람들을 보며 규남은 세상에 넘쳐나는 소망들에 대해서 생각했다. 그리고 자신의 소망에 대해서도.

절을 나서기 전, 규남은 다른 사람들처럼 초를 사려다가 관두었다. 그건 어쩐지 부처님이 허락하지 않을 것만 같았다.

규남은 여자와 한솔을 만나기로 한 카페에 미리 가서 자리를 잡았다. 그들이 도착하기 전까지 여러 번 흡연실을 오갔다. 규남은 담배를 피우면서 준비한 말들을 중얼거렸다. 혹시 아드님의 수능 만점을 원하시나요? 흡연실에 있던 사람들이 이상한 눈초리를 보냈지만, 정신이 팔려 있던 규남은 알아차리지 못했다.

그들은 정확히 약속한 시간에 카페에 도착했다. 규남은 그들이 자신을 알아보지 못하기를 바랐다. 간절히 기다려온 순간이었지만, 막상 그들을 보니 덜컥 겁이 났다. 그리고 그건 한솔 역시 마찬가지였다. 한솔 또한 그들이 카페에 나타나지 않기를 바랐다. 불행 중 다행이랄까, 그곳에는 규남만이 홀로 앉아 있었다. 그들이 자리에 앉기 전, 규남과 한솔 사이에 이색한 눈인사가 오갔다.

—몸은 좀 괜찮으세요?

그녀가 다정한 말투로 규남에게 말을 건넸다. 그녀의 다정한 말투에서 용기를 얻은 규남은 손바닥으로 허벅지를 문지르며 반드시 시험지를 팔겠다고 다짐했다.

—그런데 그날 함께 계시던 분은……

그녀가 태성의 행방을 물었다.

—그게 몸이 좀 안 좋아서……

찰나의 순간이었지만 그녀의 얼굴에 실망한 기색이 스쳐지나갔다. 잠시 후, 그녀는 클러치 백에서 하얀색 종이봉투를 꺼냈다. 한솔도 그녀를 따라 가방에서 봉투를 꺼냈다. 테이블 위로 두 개의 봉투가 포개졌다.

—죄송합니다.

한솔이 나지막한 목소리로 말했다.

—우리 애가 그분을 꼭 한번 뵙고 싶어하거든요. 다시 한번 제대로 사과를 드려야 할 것 같아서요. 언제 시간이 괜찮으시면 저희 애가 찾아가도 될까요.

예상치 못한 그녀의 말에 한솔이 깜짝 놀라서 그녀를 바라보았다. 그녀는 그 일에 대해서 귀띔조차 하지 않았으니까.

한솔이 나지막한 목소리로 자신의 엄마를 불렀지만 그녀는 한솔에게 눈길을 보내지 않았다. 그리고 규남은 바보처럼 고개를 끄덕거렸다.

그들과 헤어진 후 규남은 봉은사로 다시 발걸음을 옮겼다. 그곳을 거니는 동안, 규남은 이상한 감정에 사로잡혔다. 그것은 낯섦이었다. 수험생 자녀를 두었다고는 믿기지 않을 만큼 젊어 보이는 그녀의 외모와 한눈에 보아도 고급스럽고 세련된 옷차림, 가식이 아니라 진심으로 상대를 배려하는 듯한 말투까지(설령 그것이 화술일지라도 오랜 기간 동안 단련했을 게 분명했다). 그것들은 규남이 살면서 한 번도 마주한 적 없는 사람들의 것이었다.

집으로 돌아가는 지하철 안에서 규남은 그녀에게 받은 봉투를 꺼내들었다. 봉투에는 적지 않은 금액의 돈이 들어 있었다. 규남은 잠깐 망설이다가 한솔이 건넨 봉투를 열어보았다. 봉투 안에는 한솔이 쓴 편지가 들어 있었는데, 편지의 수신인은 태성이었다. 규남은 한솔이 쓴 편지를 여러 번 읽었다. 훗날, 규남은 한솔에게 그 편지를 읽으며 한솔이 또래보다 조숙하고 생각이 깊은 것을 알았다고 고백했다.

—아니요, 나는 딱 열아홉 살이었어요. 편지의 내용은 여러 번 쓰고 또 고친 거니까. 그래서 그 편지가 나보다 뛰어났던 거지요. 마치 형과 형이 쓴 모든 글들처럼, 우리와 우리가 했던 일들처럼요.

한솔은 그때 규남을 향해 그렇게 말했다.

◇

다빈치 때때로 나는 붓을 쥐는 대신 리라를 연주하곤 했습니다. 그 음악은 어린 시절 고향에서 맛본 올리브 같았고, 또 어느 때는 토끼나 여우 같은 산짐승들 같았습니다. 내 리라 연주는 금세 아름답다고 소문이 났고, 나는 피렌체 궁전에 초대되어 사람들 앞에서 리라를 연주하게 되었습니다.

그때 나는 수많은 사람에게 둘러싸여 있었지만, 나의 리라 연주는 오로지 로렌초를 향한 것이었습니다. 나는 손가락으로 줄을 뜯으며 이렇게 연주했지요.

나는 메디치 가문을 영원히 빛내줄 조각을 제작할 수도 있고, 건축물을 쌓을 수도 있으며, 당신의 얼굴을 낯뜨겁게 만들 찬양의 글을 쓸 수도 있다고, 필요하다면 전쟁에 필요한 기계들도 만들겠다고, 하지만 나의 그림만은 그저 아름답게 그릴 수 있게만 해달라고, 물론 나 역시 아름다움을 좇다가 길을 헤맬 때도 있지만, 그러나 피렌체에서 나보다 더 아름다운 그림을 그릴 수 있는 사람은 없을 것이라고, 그 아름다움은 당신이 세상에서 한 번도 본 적 없는 아름다움일 것이라고.

연주가 끝난 후, 아주 잠깐 적막이 흘렀습니다. 그리고 그 적막을 깨는 함성이 피렌체 궁전을 뒤덮었지요. 그 함성을 들으니 내심 어떤 기대가 생겨났습니다. 이제는 로렌초의 후원을 받게 될 수도 있겠다는.

12

다시 또 기다림이 시작되었다. 규남은 그녀, 혹은 한솔에게서 전화가 걸려오기를 간절하게 기다렸다.

규남은 그들과 만난 다음날 바로 만나자는 연락이 올 줄 알았는데, 며칠이 지나도록 연락은 오지 않았다. 먼저 전화를 걸어보려고 했지만 어쩐지 사과를 요구하는 모양새인 것 같아서 결국 하지 못했다.

그리고 그사이, 태성과 작은 실랑이가 있었다. 태성은 집으로 돌아가겠다며 짐을 쌌고, 또 어느 날에는 프로토로 날려버린 오백만원을 내일까지 구해오지 않으면 경찰에 신고하겠다고 말했다. 규남은 퇴근 후에도 태성을 상대해야만 했는데, 그 일은 변덕스러운 애인을 상대하는 일만큼이나 버거웠다.

—형은 진짜로 그 말을 믿어요? 사과를 하겠다고? 돈 줬다면서요. 그럼 끝난 거라고요.

규남은 인내심을 가지고 조금만 더 기다려보자고 말했다.

—대체 언제까지요.

—다음주.

—다음주에도 연락이 없으면요.

—그럼…… 죽어버릴 거야.

태성은 어이가 없어서 웃음을 터뜨렸다. 규남은 웃지 않은 채 결연한 표정을 지었다.

—진심이야. 다음주에도 연락이 없으면 그 여자 회사 앞에서 할복할 거야. 미시마 유키오처럼.

에이 씨발, 미시마 유키오는 또 누구인가…… 태성은 알지 못하는 인물을 들먹이는 규남의 말에 짜증이 났지만, 짜증보다는 걱정이 더 컸다. 그럴 리 없겠지만 혹시나 규남이 자살이나 자해를 시도할지도 모른다는 생각에.

당연히 그럴 리가 없었다. 규남의 계획 속에 자살이나 자해 따위는 추호도 존재하지 않았다. 다음주에 연락을 받지 못하더라도 할복은 절대로 하지 않을 것이었다. 어쨌거나 태성은 규남의 어깃장에 할말을 잃었고, 규남은 본능적으로 그것이 기회라는 것을 알았다. 며칠간 태성의 변덕이나 불만을 잠재울 수 있는.

—태성아, 형 내일모레면 서른이야. 형이 설마 거짓말을 하겠

어. 지금까지 그랬던 것처럼 조금만 더 기다려보자.

—진짜 다음주까지예요.

태성의 목소리는 처음보다 누그러져 있었다. 규남은 어느 때보다 결연한 표정을 지으며 고개를 끄덕였다.

◇

다빈치의 리라 연주.

연주는 같은 부분을 반복한다.

하지만 반복될 때마다 그전과는 반드시 다르게 연주되어야 한다.

격정적이거나, 느리거나, 빠르거나, 애잔하거나.

어떤 방식이어도 괜찮다.

아름답기만 하다면.

13

규남은 화장실 수챗구멍에 배관 세척제를 부었다. 세면대와 바닥 곳곳에 규남의 머리카락이 말라붙어 있었다. 규남은 이런 기세라면 올해가 가기 전에 머리가 벗어질지도 모르겠다고 걱정했다. 하지만 진짜 걱정은 따로 있었다. 한솔에게서 연락이 오지 않는 것, 그게 규남을 괴롭게 했다.

만난 지 열흘이 지나도록 한솔에게선 연락이 없었다. 태성의 짜증 섞인 변덕도 다시 시작되었고, 규남은 불면증에 시달리게 되었다. 규남은 잠을 자기 위해서 밤마다 수면유도제를 삼켰다. 하지만 약국에서 판매하는 수면유도제는 규남을 잠재우기에 역부족이었다.

그날도 규남은 뜬눈으로 밤을 지새우고 있었다. 수면유도제를 세 알이나 삼켰지만 잠이 오지 않았다. 약 때문인지 속이 메스껍고, 정신이 몽롱했다. 규남은 자리에서 벌떡 일어섰다. 곧바로 태성의 몸이 발에 챘고, 이윽고 규남의 발이 태성의 팔을 밟았다. 잠에서 깬 태성이 신음을 내뱉으며 몸을 뒤척였다. 규남은 조용히 문을 열고 밖으로 나왔다. 그리고 담배를 꺼내 입에 물었다. 멀리 래미안 메가트리아가 보였다. 규남은 그것을 바라보며 길을 걸었다. 빗금처럼 펼쳐진 골목들을 가로지를 때 규남의 입에서 혼잣말이 튀어나왔다.

—덴마크의 왕자여, 그대가 나라면 살 텐가 죽을 텐가. (사이) 오이디푸스여, 내 두 눈을 가져가오. 대신 내게 스핑크스를 물리쳤던 지혜를 다오.

그렇게 삼십 분쯤 길을 걷자 눈앞에 불 꺼진 금명제지가 나타났다.

규남은 바리케이드를 옆으로 밀어젖혔다. 그리고 주변을 살피며 컨테이너 사무실의 도어록 비밀번호를 눌렀다. 규남은 다시 한번 주변을 살핀 후 사무실에 들어섰다. 그리고 헛수고인 줄 알면서도 서랍을 하나씩 열어젖히고 책상을 훑어보았다. 혹시나 수능 시험지와 관련된 무언가를 찾을 수도 있지 않을까, 라는 헛된 희망으로.

그리고 규남은 그곳에서 자신과 태성의 신상이 적힌 노트를 발견했다.

김규남.

29세. 고졸. 미혼. 비만. 군필. 일을 할 때 영리하게 요령을 피움. 하지만 덩치 때문에 쉽게 눈에 띔. 휴대폰을 자주 확인함. 위장취업 의심.

송태성.

21세. 고졸. 미혼. 미필. 김규남을 자주 노려봄. 성실하기는 하나 업무 능력이 매우 떨어짐. 김규남과는 먼 친척으로 짐작됨.

그 노트는 왕주인 책상에 올려져 있었다.

규남은 서랍을 하나씩 닫았다. 예상대로 수능 시험지와 관련된 것은 하나도 찾을 수가 없었다. 규남은 밖으로 나가기 전 사무실을 한 번 훑어보았다. 자신이 다녀간 흔적이 남은 것 같지는 않았다. 규남이 불을 끄기 위해서 문 앞으로 다가서는데 그 순간, 닫혀 있던 사무실 문이 열렸다.

사무실로 들어온 사람은 트레이닝복을 입은 로잔이었다. 로잔의 얼굴을 보자마자 규남은 어깨를 늘어뜨리며 안도의 한숨을 내쉬었다. 다른 직원이었다면 곤란한 상황에 처했을지도 모를 일이었다. 규남이 로잔의 팔뚝을 가볍게 건드렸다.

—깜짝 놀랐잖아, 로잔. 이 밤에 무슨 일이야. 일단 나가자.

로잔은 비켜서지 않았다. 그리고 조금 화가 난 듯한 표정으로 규남을 빤히 바라보았다.

—도둑질, 나빠.

도둑질이라니……? 뭐가? 누가? 설마, 내가……?! 규남이 무슨 말이냐고 물을 틈도 없이 로잔이 유도선수처럼 규남의 왼팔을 붙잡고 규남을 바닥에 메쳤다. 그러고는 고꾸라진 규남의 바지 주머니를 뒤졌다.

규남이 사무실 바닥에 고꾸라진 사이, 잠에서 깬 태성은 한솔이 썼다는 편지의 내용을 떠올리고 있었다.

집으로 돌아가는 길에 어머니와 저 사이에는 작은 다툼이 있었습니다. (……) 그러니까 저와 어머니는 서로에게 일종의 보호자인 셈이지요. 그날 있었던 일은 다시 한번 죄송합니다.

편지의 말미에 적힌 내용이었다. 한솔의 편지에는 오로지 한솔의 잘못만이 적혀 있었다. 태성이 욕을 하며 자동차 바퀴를 걷어찬 내용은 적혀 있지 않았다. 태성은 그게 마음에 들지 않았다. 만약 그 편지가 마지못해 쓴 것이라고 느껴졌다면, 아니, 조금이라도 자신을 탓하는 내용이 적혀 있었다면, 그럼 태성은 그 편지를 찢지는 않았을 거라고 생각했다. 규남이 편지를 전해준 그날, 태성은 한솔의 편지를 읽자마자 찢어버렸다.

대학에 입학하면 그 새끼는 하얀색 벤틀리를 물려받을까. 태성의 머릿속으로 여러 생각들이 오갔다. 생각은 어떤 기억들을 불러일으켰고 기억은 중고등학교 시절까지 거슬러올라갔다.

학년이 올라가 반이 바뀔 때면 반에는 꼭 잘산다고 소문이 난 친구들이 있었다. 무슨무슨 아파트에 산다는 친구, 생일선물로 부모님에게 플레이스테이션을 받았다는 친구, 과목별로 과외 선생님이 있다는 친구, 집안일을 해주는 가사도우미가 있다는 친구, 방학 때마다 해외여행을 간다는 친구까지. 태성은 그들을 부러워했는데, 그건 단지 부에 대한 부러움만은 아니었다. 태성은 한솔을 통해 그 시절 자신이 부러워했던 것이 무엇인지를 알게 되었다. 그들의 주변에는 언제나 커다란 울타리가 쳐져 있었다. 그들은 그 울타리 안에서 사랑과 보호를 받으며 자랐다. 태성은 적당한 고생은 인간을 성장시킨다는 말을 믿었다. 하지만 인간에게는 경험하지 않아도 될 고생이 있다는 것을, 그동안의 경험을 통해 알게 되었다.

어쨌거나 울타리 안의 그들은 티끌만큼의 모자람도 없이 하루에 필요한 영양분을 골고루 섭취하는 삶을 사는 것만 같았다. 그래서 균형 잡힌 성장을 할 수 있는 게 아닐까. 태성은 문득 그런 생각이 들었다. 태성은 여러모로 한솔이 마음에 들지 않았다.

규남과 로잔은 금명제지 근처의 근린공원 벤치에 앉았다. 규남이 욱신거리는 허리를 매만졌다.

—형님. 괜찮아……?

로잔이 걱정스러운 눈빛으로 규남을 바라보았다.

—암 소 쏘리. 도둑질하는 거로 알았어. 도둑질 나쁜 거니까.

—거기에 훔칠 게 뭐가 있다고…… 그건 어디서 배운 거야.

—뭐.

규남이 팔을 들어 자신을 메쳤던 로잔의 행동을 흉내냈다. 다시 허리가 욱신거렸다.

—아, 그거? 학원.

—학원?

—응. 나 학원 다녔다고 말했잖아.

네팔에 정말로 학원이 있을 줄이야. 규남은 네팔에 학원이 있다는 게 여전히 믿기지 않았다. 하지만 로잔의 말은 거짓말이 아니었다. 로잔은 서툰 한국어와 구글 번역기를 동원하여 자신의 이야기를 털어놓았다.

로잔이 네팔에서 다녔다는 학원은 구르카 시험을 준비하는 곳이었다. '구르카'는 네팔 출신의 용병을 일컫는 말인데, 네팔뿐만 아니라 영국과 인도, 싱가포르의 군대와 경찰에서 네팔인을 모집했다. 그중 가장 많은 지원자가 몰리는 곳은 영국이었다. 1814년, 네팔과의 전쟁에서 영국은 네팔 민족의 용맹함에 감명을 받았다. 이후 영국은 네팔인으로 구성된 부대를 창설했고 그 부대는 제1차 세계대전을 비롯하여 아르헨티나와 아프가니스탄 등 영국이 벌인 전쟁에서 맹활약을 펼쳤다. 네팔의 많은 젊은이들은 구르카가 되기를 꿈꿨다. 구르카가 되면 네팔의 평균임금보다 수십 배나 많은 돈을 벌 수 있었다. 하지만 그만큼 경쟁이 치열했고, 영어, 수학, 체력 등 다양한 시험을 준비해야 했다. 퇴역한 구르카들이 네팔로 돌아와 학원을 차렸다. 로잔 역시 구르카가 되기를 꿈꿨고, 그래서 퇴역한 영국 군인이 차린 학원에 다녔다.

로잔이 그 학원에 다닌 것은 로잔의 아버지가 네팔의 수도 카트만두에서 얼마 떨어지지 않은 곳에서 작은 채석장을 운영했기에 가능한 일이었다. 가난한 네팔의 십대들은 구르카가 되겠다는 꿈조차 가질 수 없었다. 그들은 학교도 다니지 못하고 채석장에서 돌을 깨거나 폐비닐을 주워야만 했다.

하지만 로잔은 결국 구르카가 되지 못했다. 그의 아버지가 채석장에서 굴러떨어진 돌을 맞고 죽었기 때문이다. 아버지가 죽은 후, 로잔의 집안은 급격히 가세가 기울었다. 로잔은 결국 구르카가 되기를 포기했다.

규남은 가만히 앉아서 로잔이 들려주는 이야기를 들었다. 그전까지 규남은 로잔을 태성 또래의 순박한 외국인노동자라고만 여졌다. 직원들에게 심한 욕을 먹을 때도 허허 웃기만 하던 로잔이 새삼 다르게 보였다.

—그래서 후회는 없어? 뭐, 아쉽거나?

규남이 로잔에게 물었다.

—아이 러브 마이 패밀리.

로잔이 담담한 목소리로 말했다. 담담해서 진심이라는 걸 알 수 있었다.

—로잔.

—응?

—앞으로 형님이라고 부를게.

14

규남과 태성은 한솔을 데리러 지하철역으로 향했다. 마지못해 따라나선 태성은 지하철역에 도착할 때까지 한시도 쉬지 않고 볼멘소리를 내뱉었다. 전날 밤, 규남은 간절히 기다렸던 한솔의 전화를 받았고, 황급히 약속을 잡았다. 이제 막 시작된 여름 때문에 두 사람이 지하철역에 도착했을 때는 이미 티셔츠가 땀에 젖어 있었다.

태성이 짜증스러운 얼굴로 지하철역 벤치에 앉아 땀을 식히는 사이, 규남은 한솔에게서 도착했다는 메시지를 받았다. 잠시 후, 개찰구로 사람들이 빠져나왔다. 규남은 개찰구를 빠져나가는 사람들 사이에서 한솔을 찾았지만 사람들이 모두 빠져나온 후에도 한솔의 모습은 보이지 않았다. 규남이 한솔에게 전화를 걸자 한솔은 지하철역 밖에서 기다리고 있다고 말했다.

—택시를 타고 와서……

한솔의 그 말에 규남은 할말을 잃었다. 규남에게 택시는 언제나 최후의 교통수단이었으니까. 그날, 세브란스병원에서도 택시를 타는 대신 첫차가 다닐 때까지 기다렸으니까. 규남은 짧은 시간 동안 서울시 강남구에서 경기도 안양시까지의 택시비를 계산해보았다. 하지만 그 정도 거리를 택시를 타고 다닌 적이 한 번도 없어서 금액이 쉽사리 가늠되지 않았다.

그리고 한솔은 규남의 표정을 보며 기사님이 태워주셨다고 말하지 않기를 잘했다고 생각했다.

세 사람은 곧장 근처 카페로 향했다. 간단히 통성명을 하고 나자 어색한 침묵이 시작되었다.

—지난번에는 정말로 죄송했습니다.

한솔의 사과가 침묵을 깨뜨렸다. 태성은 잠깐 한솔과 눈을 맞췄다가 다른 곳으로 시선을 옮겼다. 규남이 태성 대신 말을 꺼냈다.

—그럴 수도 있지. 어머님께는 너무 괘념치 마시라고 말씀드려.

그럴 수도 있지, 라니…… 태성이 규남을 쏘아보았다. 규남은 태성의 시선에는 아랑곳하지 않은 채 한솔에게 이런저런 질문을 던졌다. 어느 고등학교를 다니는지(D고등학교), 취미는 무엇인지(농구와 나이키 조던 신발 수집), 감명깊게 읽은 책은 무엇인지(리처드 도킨스가 쓴 모든 책들과 『원피스』), 좋아하는 가수는 누구인지(아이유와 더콰이엇), 여자친구는 있는지(없음). 규남은 한솔의 대답을 들을 때마다 과장되게 고개를 끄덕였다.

—사실은 말이야, 너를 처음 본 순간, 너와 함께하고 싶은 일이 떠올랐어. 뭐랄까, 사랑에 빠진 사람처럼 말이야.

태성은 당황한 얼굴로 규남을 쳐다보았다. 규남이 필터링 없이 아무 말이나 내뱉는 건 숱하게 겪은 일이었지만 그걸 견디는 일은 여전히 어려웠다. 한솔 역시 당황한 표정을 지으며 입을 다물었다. 다시 어색한 침묵이 흘렀고, 한솔은 아이스 아메리카노를 마시며 목을 축였다.

—혹시……

한솔이 조심스레 말문을 열었다.

—저는 LGBT를 지지해요. 하지만 한 번도 제가 성소수자라고 생각한 적은 없어요.

한솔의 말투는 진지했다. 규남은 그게 아니야, 라고 말을 하려고 했는데, 당황해서 아무 말도 나오지 않았다. 그리고 태성은 이 상황이 조금 우습다가, 한솔이 자신과 규남의 관계를 오해했다는 사실에 약간 짜증이 솟았다.

—나도 그, LPG를 지지해.

—LPG가 아니라 LGBT예요.

한솔이 규남의 말을 바로잡았다.

—응. LGBT…… 그런데 조금 오해가 있는 거 같아.

규남은 자신이 어린 시절부터 퀸의 음악을 즐겨 들었으며 버지니아 울프가 쓴 『자기만의 방』을 얼마나 감명깊게 읽었는지에 대해서 늘어놓았다(사실이 아니다. 규남은 『자기만의 방』은커녕 버지니아 울프가 쓴 글은 하나도 읽지 않았다). 한솔은 규남이 왜 그런 말들을 늘어놓는지 알지 못했다. 오히려 어떤 동의를 구하는 것처럼 들려오기도 했다. 결국 규남은 단도직입적으로 자신과 태성은 연인이 아니라고 말했다.

—오해해서 정말로 죄송합니다. 저한테 하신 말씀이 지지를 부탁하는 말처럼 들려서요. 그때 학원 앞에서 두 분이 꼭……

한솔이 말끝을 흐렸다. 처음보다 훨씬 심해진 어색한 공기가 주변을 감쌌다.

—사과를 드리려고 왔는데 계속 실수를 하네요.

—괜찮아. 우리는 연극을 만들고 있어. 르네상스 시대의 레오나르도 다빈치 이야기야. 너를 처음 본 순간, 네가 그 연극의 주인공으로 딱이라는 생각이 들었거든.

규남은 그 말을 내뱉은 후에 태성의 눈치를 살폈다. 그때 태성은 무언가에 골몰하는 표정을 짓고 있었다. 규남은 작은 목소리로 공동 주연, 이라는 말을 덧붙였다.

태성은 규남의 짐작대로 어떤 생각에 골몰하고 있었다. 그러니까 한솔의 오해에서 비롯된 규남과 자신의 관계에 대해서.

그래도 그렇지, 연인이라니…… 태성이 고개를 가로저었다. 규남은 태성의 애인이 아니라 선생님이었다. 지금은 아니지만 규남이 태성에게 무언가를 가르쳐주던 시절이 있었다. 그리고 태성이 규남을 동경하고 우러러보던 시절 역시.

태성이 규남을 처음 만난 것은 태성이 막 열여섯 살이 되던 때였다. 규남은 태성의 방과후 수업 선생님들 중 한 명이었다.

태성이 다니던 중학교는 새 학기를 맞아 방과후 수업으로 악기 배우기, 스포츠 교실, 외국어 회화 교실 같은 프로그램을 개설했는데, 그중에는 '연극 만들기—함께 연극을 감상하고 만들기'라는 프로그램도 있었다. 태성이 연극 만들기를 신청한 것은 순전히 가위바위보를 못해서였다. 태성은 다른 친구들처럼 기타 배우기나 축구 교실 같은 프로그램을 신청하고 싶었다. 하지만 연거푸 가위바위보에서 진 태성은 연극 만들기를 신청할 수밖에 없었다. 그 수업을 듣기 전까지 태성은 한 번도 연극을 본 적이 없었다.

하지만 태성의 걱정과 짜증은 기우에 불과했다. 학생들을 가르치는 선생님들은 '시너지'라는 극단의 단원이었는데, 그들은 학생들이 학교에서 매일 마주하는 고리타분한 선생님들과는 달랐다. 그들의 자유분방한 태도는 태성을 비롯한 사춘기 학생들의 마음을 흔들기에 충분했다. 태성을 비롯한 학생들은 매주 화요일과 목요일마다 교실의 책상을 둥글게 놓고 희곡을 낭독했다. 주말에는 평촌아트홀이나 안산문화예술의전당에서 함께 연극을 보기도 했다. 태성은 그 시간이 더없이 행복했다. 희곡을 읽는 것도, 연극을 보는 것도. 하지만 그보다 더 좋았던 건 시너지 단원들이었다. 태성의 눈에는 멋대로 기른 수염도, 빈티지한 옷들도 그저 멋지게 보이기만 했다. 그렇게 태성은 언제부턴가 그들과 만나는 날을 손꼽아 기다리게 되었다.

◇

다빈치 그후로도 몇 번, 나는 피렌체 궁전에 초대되어 리라를 연주했습니다. 하지만 기대했던 로렌초의 후원은 없었습니다.

어쩌면 로렌초는 그리스어도, 라틴어도 제대로 읽지 못하는 사생아가 피렌체를 대표하는 예술가가 되기를 원치 않았을지도 모릅니다. 아니면 나의 다재다능함과, 장인이 된 이후 한 번도 메디치 가문의 사람들을 그림에 그려넣지 않은 일이 그의 기분을 상하게 했을지도 모르지요.

한가한 날들이 이어졌고, 나는 노트를 꺼내 내 얼굴을 그렸습니다. 나는 나의 얼굴에서 어린 시절 마주했던 그녀를 보았습니다. 그녀의 얼굴이 떠오를 때마다 나는 사랑에 대해서 생각했고, 사랑 없는 나의 탄생에 대해서도 생각했습니다. 사랑 없이 태어나서 나는 사랑과 꼭 닮은 아름다움을 좇는 것은 아닌가, 내가 밤마다 사랑을 갈구하는 것도 그런 이유 때문은 아닌가, 차라리 사랑이 그저 허상에 지나지 않는 것이라면, 그러나 그것이 허상에 불과하다면 나의 괴로움과 외로움과 어떤 색으로도 표현할 수 없는 내 마음의 빛깔은 대체 무엇인가, 나는 그런 것들을 생각했습니다.

15

—생각할 시간이 조금 필요할 것 같네요.

규남의 제안은 당혹스러웠고, 선불리 대답하기가 어려웠다. 한솔은 집으로 돌아가는 택시 안에서 규남이 말했던 연극, 에 대해서 생각했다.

처음 규남의 입에서 연극, 이라는 단어를 들었을 때, 한솔은 마치 고대의 유물을 마주하는 심정이었다. 우리나라에도 그런 걸 하는 사람들이 있구나, 라는 생각도 들었다. 어린 시절 런던의 셰익스피어극장에서 〈맥베스〉를 보거나 뉴욕 브로드웨이에서 몇 편의 뮤지컬을 본 적이 있기는 했지만, 그때의 기억은 희미했고, 신기했다, 라는 감상만이 한솔에게 남아 있는 전부였다.

—연극이라……

한솔은 자신의 엄마를 떠올렸다. 엄마는 어쩌자고 나를 이런 사람들과 만나게 했을까. 엄마는 이 사람들이 연극쟁이들이라는 것을 알았을까.

아니, 그녀는 알지 못했다. 대치동에서 사고가 있었던 그날 밤, 집으로 돌아온 그들은 소파에 앉아 오래도록 이야기를 나누었다.

—엄마는 다만 네가 자유롭게 자라기만을 원했어. 하지만 그런 난폭한 행동까지 자유롭게 하길 바란 건 아니야. 엄마는 너 스스로 잘못된 행동을 바로잡기를 원해.

자유라니, 그건 엄마의 대단한 착각이라고, 한솔은 그렇게 말하고 싶었다. 아들이 자유롭게 자라기를 원했다는 말은 그녀의 자부심이자 콤플렉스의 발현이라는 것을, 한솔은 알고 있었다. 그녀는 자신의 부모를 만족시킬 만한 대학을 가지 못했고, 그 콤플렉스를 다른 방식으로 발현시켰다. 당연히 그 대상은 하나밖에 없는 자식인 한솔이었다.

—엄마는 물려줄 게 머리밖에 없는 부모들과는 달라.

그녀는 줄곧 그 말을 입버릇처럼 달고 살았는데, 그래서 친구들이 영어 공부를 위해서 방학마다 팀을 꾸려 해외로 나갈 때, 한솔은 엄마를 따라 여행을 다녀야만 했다. 한솔의 의사와는 무관하게 한솔을 위해서라며 다녔던 여행들, 학업과는 무관한 학원들, 거기에는 그녀의 만족밖에는 없었다. 그 모든 걸 가능하게 한 것은 순전히 다른 부모들과는 다른 부모가 되겠다는 그녀의 욕망이었다.

그리고 그건 성적에 목매는 다른 부모들의 행동과 전혀 다를 바가 없었다. 엄마는 자유라는 말을 입에 달고 살았지만, 한솔은 자신이 누구보다 자유롭지 않다고 생각했다.

16

태성은 한솔과 헤어진 뒤 계속 한솔에 대해서 생각했다. 생각하지 않으려고 해도 한솔의 얼굴이 절로 떠오르곤 했다.

태성이 보기에 한솔은 십대들을 위한 자기계발서에 나오는 전형적인 사례 같았다. 태성은 그날의 대화를 통해서 한솔이 어린 시절부터 펜싱, 승마, 골프, 수영, 권투, 피아노, 영어, 중국어 등을 배운 것을 알게 되었다. 하지만 그것보다 더 부러운 건 한솔이 가진 태도였다. 예의바르고, 세상에 주눅들어 있지 않으며, 자신의 생각을 망설임 없이 표현하는.

그리고 태성은 언제부턴가 자신과 한솔을 비교하게 되었다. 생각할 시간이 조금 필요하다니, 건방진 새끼. 태성은 그때 한솔의 대답을 통해 자신이 누군가의 부탁을 한 번도 거절한 적이 없었다는 것을 깨달았고, 그래서 지금 이런 일들을 겪고 있는 것은 아닐까, 라는 생각을 하게 되었다.

따지고 보면 규남의 제안 역시 사실은 부탁이 아니었던가. 태성은 앞으로도 자신이 누군가의 부탁을 거절하지 못하는 채로 인생을 살 것만 같았고, 그건 원치 않는 일에 휘말리는 일이라고 생각했다.

태성은 규남에게 한솔의 전화번호를 물었다. 방바닥에 누워 있던 규남이 머리맡에 놓인 핸드폰을 슬며시 주머니에 집어넣었다.

—왜.

—같이 연극하자고 말하려고요.

네가……? 그럴 리가. 규남은 태성의 말을 믿지 않았다. 이상한 말을 내뱉어서 일을 그르치지 않으면 차라리 다행이었다.

—내가 뭐 이상한 말이라도 할 거 같아서 그래요?

응, 이라고 대답하고 싶은 걸, 규남은 겨우 참아냈다. 거절을 해야 한다, 거절을! 하지만 규남의 머릿속에는 거절할 핑계가 떠오르지 않았다. 결국 규남은 마지못해 태성에게 한솔의 전화번호를 알려주었다.

한솔의 전화번호를 알게 된 태성은 여러 번 한솔에게 전화를 하려고 마음먹었다. 하지만 선뜻 통화 버튼을 누르지 못했다. 통화 버튼을 눌렀다가 황급히 전화를 끊을 때도 있었다. 태성은 여러 번 연락을 미루었고, 그때마다 자신이 인생을 살면서 마음먹은 일과 실제로 그 일을 하는 것 사이에서 고민하다 얼마나 많이 물러섰었는지를 떠올렸다. 이를테면 회장 선거에 출마하지 못한 일, 짝사랑하던 여자에게 고백하지 못한 일, 안양예고 연극영화과에 가고 싶다고 부모에게 말하지 못한 일, 피시방에서 아르바이트를 하던 시절 사장에게 주휴수당을 달라고 말하지 못한 일, 규남을 경찰에 신고하지 못한 일, 그런 일들을.

태성은 이번에도 물러선다면 평생 겁쟁이로 살게 될 것이라고 스스로 되뇌었다.

센서 등이 점멸할 때마다 태성은 머리 위로 손을 휘저었다. 어딘가에서 음식물 쓰레기 냄새가 풍겨왔다. 태성은 규남과 살고 있는 다세대주택 입구에서 한솔에게 전화를 걸었다. 연결음이 길게 이어졌다. 그때 한솔은 과외를 마치고 잠을 자려던 참이었다. 한솔이 전화를 받자 태성은 다짜고짜 전화를 건 용건을 말했다.

—제대로 사과를 해. 맨입으로 말고.

핸드폰 너머로 한솔의 당황한 기색이 전해졌지만 태성은 시비를 거는 사람처럼 한솔을 몰아세웠다.

—같이 연극을 만들자고. 그게 네가 나한테 사과를 하는 일이야.

한솔은 잠깐 침묵을 지켰다. 그리고 태성은 그 침묵을 느끼며 의기양양한 표정을 지었다. 애초부터 태성에게는 한솔과 연극을 만들겠다는 마음 따위는 존재하지 않았다. 태성이 한솔에게 그런 요구를 한 건 고민할 시간이 필요하다는 시건방진 대답을 한 한솔에게 곤란함을 안겨주기 위해서였다. 그건 태성이 스스로에게 부여한 미션이었고, 태성은 그 미션을 해냈다는 것에 뿌듯함을 느꼈다.

—알겠어요. 할게요.

—응? 한다고?!

—네.

—그러니까…… 연극을 함께 만들겠다고……?

—네.

—아니, 꼭 그럴 필요까지는……

이제 당황한 사람은 한솔이 아니라 태성이었다.

—그게 원하시는 사과의 방식이라면 하는 게 맞는 거겠죠.

태성은 예상치 못한 한솔의 대답에 할말을 잃었다. 아니, 수능을 앞둔 수험생이 연극을 하겠다니, 세상에 무슨 이런 경우가 있나. 태성은 당연히 한솔이 거절을 하리라 예상했고, 그래서 거절을 하는 사람들이 으레 갖는 죄책감, 찝찝함을 한솔 역시 갖기를 바랄 뿐이었다. 무언가 잘못되었고 뒤늦은 후회가 밀려왔지만 이미 늦은 후였다.

한솔은 전화를 끊은 후 침대에 누워서 황당무계한 사과를 요구하는 태성과 그가 원하는 사과의 방식에 대해서 생각했다. 경미한 접촉사고와 그에게 달려들었던 일이 그 정도의 일인가. 자신과 엄마는 이미 충분한 사과와 보상을 하지 않았나. 먼저 자동차 바퀴를 걷어차며 엄마를 위협했던 건 태성인데.

조금은 충동적이었다고, 한솔은 생각했다. 제대로 사과를 해, 맨입으로 말고, 까지 들었을 때, 한솔은 태성 역시 자신의 주변에 있는 어떤 부류의 사람이라고 생각했다. 한솔의 주변에는 특별한 이유 없이 한솔, 혹은 한솔의 가족에게 적의를 내비치는 사람들이 있었다. 언제나 자신(들)에게 무언가를 바라고, 자신(들)의 호의를 당연한 권리처럼 받아들이는 사람들. 한솔은 태성이 자신에게 요구하는 것이 당연히 돈일 줄 알았다.

하지만 그 요구가 함께 연극을 만들자는 일일 줄은 몰랐다. 그게 사과일 수 있을까. 함께 연극을 만드는 일이.

어쨌거나 조금 호기심이 생기기는 했다. 물론 한솔이 호기심만으로 승낙한 것은 아니었다. 자신의 엄마를 향한 반항심도 조금은 섞여 있었다. 한솔은 자유롭게 자라기를 바란다는 그녀의 말이 진심인지 확인하고 싶었다. 엄마는 정말로 내가 연극을 하겠다고 해도 아무렇지 않을 수 있을까. 한솔은 그게 궁금했다.

◇

다빈치 보티첼리가 로마에 있는 시스티나성당의 프레스코화를 그리는 장인으로 선발되었을 때, 나는 피렌체를 떠나기로 결심했습니다.

보티첼리 이전에도 로렌초는 자신이 후원하던 여러 예술가들을 로마나 바티칸으로 파견을 보냈습니다. 그건 로렌초가 후원하는 수많은 예술가들 중에서도 가장 뛰어난 예술가로 인정받는 것을 의미했죠. 어쩌면 로렌초는 자신의 지목이 주목받는 상황을 즐겼을지도 모릅니다. 물론 그중에는 보티첼리처럼 뛰어난 예술가들도 있었지만, 그렇지 않은 예술가들도 더러 있었습니다. 그 시절엔 권력자의 취향이 실력으로 둔갑되는 일들이 종종 벌어졌습니다. 메디치 가문의 후원을 받지 못한 뛰어난 예술가들이 오랫동안 평가절하를 당한 것처럼, 나 역시 로렌초의 후원을 받지 못하는 한 평가절하를 당할 것이 분명했습니다.

그 시절, 나에게는 아주 자그마한 인정이라도 필요했습니다.

*

금명제지는 교육청에서 주문받은 대학수학능력시험 OMR 카드를 모두 찍어냈다.

그날, 금명제지 근처 무한 리필 고깃집에서 회식이 있었다.

규남과 태성은 멀찍이 떨어져 쉴 틈 없이 불판에 고기를 올렸다. 규남은 고기를 굽는 내내 자신을 바라보는 왕주인의 시선을 느꼈다. 실눈을 치켜뜨면 어김없이 왕주인과 눈이 마주쳤는데, 그때마다 사무실에서 본 왕주인의 노트가 떠올랐다. 처음엔 대수롭지 않게 여겼지만 시간이 흐를수록 께름칙한 구석이 있었다. 이력서가 있는데 따로 노트에 신상을 옮겨 적은 까닭은 무엇이며, 또 위장취업이 의심된다는 말은 무슨 시대착오적인 발상인가.

—야, 뚱땡이.

왕주인이 규남을 불렀다. 규남은 고기를 뒤집다 말고 고개를 들었다.

—너 계속 금명제지에 다닐 거냐.

그 순간, 규남은 하마터면 쥐고 있던 집게를 놓칠 뻔했다. 계약직으로 일을 시작했지만 연극을 만들면 미련 없이 금명제지를 관둘 계획이었으니까. 하지만 규남은 속내를 내비치는 대신 무슨 소리인지 모르겠다는 표정을 지었다.

—너 같은 놈들은 내가 잘 알지. 어떻게 아냐고? 내가 다 겪었으니까.

왕주인이 규남을 빤히 바라보며 소주를 홀짝였다.

17

규남이 다시 대학로에 발을 디딘 것은 정확히 이 년 만이었다. 길에서 기타를 치며 노래를 부르는 사람들, 전단지를 나눠주는 사람들, 솜사탕을 먹으며 길을 걷는 가족들, 주황색 천막 아래에서 궁합을 보는 연인들까지, 대학로는 변함없이 대학로였다.

초여름의 어느 토요일 저녁, 규남과 태성은 마로니에공원 벤치에 앉아서 한솔을 기다렸다.

규남은 한솔이 도착하기 전까지 주위를 두리번거렸다. 그때 규남은 아는 얼굴을 마주칠까봐 조마조마했고, 또 한편 누구라도 좋으니 아는 얼굴과 마주치고 싶었다. 그 아는 얼굴이 여기서 뭐해, 혹은 요즘 어떻게 지내, 라고 묻는다면, 연극을 만들고 있다고 말할 참이었다. 아니, 꼭 그렇게 말하리라 다짐까지 했다. 당당하고 자신 있는 목소리로.

규남은 블라디미르의 몇몇 대사들을 속으로 따라 했다. 고도를 기다려야지, 사람들이 다 바보니까 그렇지, 이 지랄은 이제 더는 못하겠다, 같은. 연극의 압권은 블라디미르가 울먹거리며 소년에게 고도 씨가 오늘밤에는 못 오겠다는 얘기겠지, 라고 묻는 장면이었다. 규남과 태성, 그리고 한솔은 대학로 예술극장에서 사뮈엘 베케트의 〈고도를 기다리며〉를 보았다.

연극이 끝난 후, 세 사람은 혜화역 근처의 카페로 자리를 옮겼다. 규남은 카페에 도착하기 전부터 여러 번 어깨를 움찔거렸는데, 그건 규남이 잔뜩 들떴을 때 나오는 버릇이었다. 태성은 그 모습을 보자마자 단번에 규남이 무슨 말을 내뱉을지 알아차렸다. 또 그놈의 무슨무슨 주의니, 기법이니, 예술이니 하는 말들을 늘어놓겠지. 규남은 자리에 앉자마자 한솔에게 연극을 본 소감을 물었다.

—사실은, 그냥 그랬어요.

한솔이 허심탄회하게 말을 꺼냈다. 규남은 먹잇감을 노리는 맹수마냥 그 말에 달려들었다.

—처음 연극을 봤을 때는 그럴 수도 있어. 특히나 〈고도를 기다리며〉 같은 연극은 더욱더. 사실 이 연극은 부조리와 상징 그 자체거든. 요즘 유행하는 말로 하면 클리셰라고 할 수도 있지. 등장하지 않는 고도라는 인물이며 중간에 등장하는 포조와 러키라는 인물이

내뱉는 대사는 말이야, 뭐랄까, 부조리한 현실과 조우하는……

—고도라는 인물이 상징이라는 것쯤은 당연히 알죠. 클리셰라는 말에는 동의할 수 없지만요.

한솔이 규남의 말을 가로막았다. 한솔은 규남의 눈치를 살폈다가 다시 말을 이었다.

—요즘엔 클리셰라는 말이 너무 남발돼서 클리셰라는 말을 쓰는 것도 클리셰 같아요. 어쨌거나 저는 연극이 지나치게 상징을 강요하는 것 같았어요. 그래서 저는 오히려 상상력이 억압받는다고 느꼈거든요.

규남은 예상치 못한 한솔의 반응에 당황해서 입을 다물었다.

—저는 고대 그리스비극 같은 작품들이 좋아요. 명징하고 확실한. 그러면서 깊이도 있는. 예를 들면 〈오이디푸스왕〉 같은 작품이요.

규남은 계속해서 입을 다물었다. 그리고 이어서 하려던 말들을 속으로 삼켰다. 사뮈엘 베케트가 노벨문학상 시상식에 나타나지 않았던 일과, 어느 기자가 고도라는 인물이 도대체 누구냐고 물었을 때 베케트가 그걸 알면 작품에 썼을 것이라고 대답했던 일화들을.

—그래도 연극이라는 것 자체는 매력이 있는 거 같아요. 어릴 때 봤을 때는 잘 몰랐던 것들이 지금은 조금 느껴지네요.

—연극을 본 적이 있었구나……

규남은 그전까지 한솔이 한 번도 연극을 본 적이 없으리라 여겼던 게 조금 부끄러워졌다.

—어릴 때 브로드웨이랑 런던에 있는 셰익스피어극장을 가봤어요. 중학교 때는 부모님을 따라서 〈오이디푸스왕〉이 상연됐다는 그리스 원형극장도 가봤고요. 근데 그때는 어려서 그랬는지 별로 감흥이 없었어요. 그런데 오늘은 조금 특별하네요. 저는 연극 그 자체가 흥미로워요. 지금 여기는 서울의 대학로 어느 소극장인데, 연극이 시작되면 어디든 될 수 있는 거잖아요. 연극을 만드는 사람들과 관객들의 약속이 시작되니까. 그 약속이란 게 이 시대에는 조금 소중하게 느껴지기도 하고요. 이런 것들 말고도 다른 생각을 더 했는데 지금 말로 설명하기는 좀 어렵네요.

한솔과 헤어진 후에도 규남은 계속 입을 다물고만 있었다. 규남은 집으로 돌아가는 지하철 좌석에 앉아 처음 〈고도를 기다리며〉를 본 날을 떠올렸다.

도로 위의 차들이 헛바퀴를 돌 만큼 함박눈이 쏟아지던 겨울의 어느 날이었다. 규남은 처음 몸담았던 극단의 선배들과 함께 신촌 산울림극장에서 〈고도를 기다리며〉를 보았다. 그 길고 긴 연극이 끝날 때까지 규남은 아무런 감흥도 느끼지 못했다. 대체 무슨 이유로 배우들이 저런 대사들을 내뱉는지, 그리고 관객들은 무슨 이유로 웃음을 터뜨리는지, 그 모든 것이 의아할 뿐이었다.

연극이 끝난 후 규남은 선배들을 따라 신촌의 어느 술집에서 해가 뜰 때까지 술을 마셨다. 선배들은 규남에게 〈고도를 기다리며〉를 어떻게 봤는지 물었다. 규남은 우물쭈물하며 제대로 말을 하지 못했는데, 그 순간 규남은 어쩐지 선배들이 자신의 우물쭈물하는 모습을 즐기고 있는 것 같다는 인상을 받았다. 선배들이 앞다투며 규남에게 상징이니, 부조리니 하는 단어들을 늘어놓았다.

—너 기자가 베케트한테 고도가 누구냐고 물었을 때 베케트가 뭐라고 그랬는지 알아?

어느 선배가 물었다.

—그걸 알면 내가 썼겠지.

옆에 있던 선배가 한 번도 본 적 없는 베케트의 흉내를 냈다(무려 한국어로!). 그후 이어지던 왁자지껄한 웃음소리, 건배 소리. 그때를 떠올리던 규남은 문득 궁금해졌다. 선배들의 감상은 정말 선배들의 감상이었나. 그 말들의 출처는 무엇일까.

그날 이후 규남은 〈고도를 기다리며〉를 세 번이나 더 봤는데, 그건 선배들의 강요 때문이었다. 선배들은 〈고도를 기다리며〉를 보며 무언가를 느끼지 못한다면, 그건 있을 수 없는 일이라고 했다. 선배들은 경쟁하듯이 자신이 얼마나 연극을 사랑하는지를 고백했다.

—저는 연극에 순교할 수도 있어요.

규남은 선배들을 따라서 그렇게 말했다. 자신을 어린애 취급하는 선배들 사이에서 기죽지 않으려고 내뱉은 말이었다. 물론 내심 다른 기대도 있었다. 선배들처럼 말을 하면 극단 대표가 자신에게 관심을 주리라 여겼던 것이다. 극단 대표는 대학로에서 인정받는 연출가이자 어느 대학의 연극영화과 교수였고, 단원들은 대부분 그의 제자들이었다. 그들에게 연극은 종교에 가까웠다. 만약 '연극'이라는 신이 있다면 이슬람 신자들처럼 하루에 다섯 번씩 절을 할 게 분명했다. 그리고 극단에는 종교의 율법처럼 하지 말아야 할 것들이 존재했다. 하지만 규남은 그것들마저 멋지다고만 생각했다. 술자리에서 기타를 치며 김광석이나 들국화의 노래를 부르는 모습도. '그러니까 그 나이였어…… 시가 나를 찾아왔어. 몰라, 그게 어디서 왔는지'라고 네루다의 「시」를 읊는 모습도.

하지만 한 달이 지나고, 두 달이 지나고, 여섯 달이 지난 후에도 규남을 대하는 선배들의 태도는 한결같았다. 선배들은 언제나 규남을 무시했다. 그들은 규남이 무슨 말을 할 때마다 말꼬리를 잘랐다. 그게 아니야. 네가 뭘 몰라서 그래. 선배들은 규남에게 계속해서 무언가를 가르치려고 했다. 하지만 무엇보다 규남의 마음을 상하게 만든 것은 극단 대표의 무관심이었다. 그는 오래된 단원들 이외에는 곁을 주지 않았다. 규남은 언제나 무대 뒤편에서 허드렛일을 했고, 대사도 없는 단역으로 무대에 올라야만 했다. 규남은 대표와 선배들이 자신을 소품처럼 여긴다고 느꼈다. 결국 규남은 대표를 찾아가 그만두겠다고 말했다. 대표는 규남을 붙잡는 말을 하는 대신 다른 말을 내뱉었다.

—잘 생각했어. 연극은 아무나 하는 게 아니거든.

규남은 그 말에 큰 상처를 받았고, 그 말은 오래도록 규남을 괴롭혔다.

◇

다빈치 1482년, 나는 드디어 로렌초에게 의뢰를 받았습니다. 하지만 그가 의뢰한 건 프레스코화도 아니었고, 건축물도 아니었으며, 고작 은으로 만든 리라 한 대였습니다. 내가 만들 리라는 밀라노의 통치자 루도비코 스포르차에게 보낼 선물 중 하나가 될 것이었고, 로렌초는 루도비코가 허락한다면 그에게 리라 연주를 들려주라고도 했습니다. 그건 꼭 피렌체를 떠나라는 소리처럼 들렸지요.

나는 어느 때보다 열심히 리라를 만들었습니다. 피렌체와 로렌초를 위해서가 아니라, 나, 레오나르도 다빈치, 그리고 나의 후원자가 될지도 모를 루도비코 스포르차를 위해서 말입니다.

외교사절단의 일원이 되어 밀라노를 향해 떠나는 날, 내 짐을 실은 수레에는 리라 말고도 나의 모든 세간살이들이 실려 있었습니다. 나는 돌아오겠다는 다짐도, 기약도 없이 밀라노로 향했습니다.

18

과천 국립현대미술관 입구에는 남아공 출신의 어느 화가의 전시를 알리는 현수막이 펄럭거렸다. 현수막에는 화가의 얼굴이 실려 있었는데, 화가는 수염을 기른 중년의 백인 남성이었다.

규남과 태성, 그리고 한솔은 토요일 낮, 과천 국립현대미술관에서 다시 만났다.

규남은 미술관에 들어서기 전부터 제3세계와 아프리카, 라는 단어를 입에 담았다. 또한 과거 유럽 국가들이 아프리카 대륙을 식민 지배한 역사에 대해 얘기했고, 남아프리카공화국의 인구 대부분이 흑인으로 구성되어 있는데 남아프리카공화국을 대표하는 예술가가 백인인 것은 모순이자 아이러니라고 말했다. 또한 넬슨 만델라가 이 사실을 알면 지하에서 통곡할 것이라고 말하기까지

했다. 한솔은 그건 좀 심각한 비약이라고 생각했지만 입 밖으로 꺼내지는 않았다.

미술관에 입장한 후에도 규남은 입을 다물지 않았다. 규남은 자신이 알고 있는 모든 예술가와 철학자들에 대해서 떠들었다. 봉준호, 박찬욱, 프리다 칼로, 레오나르도 다빈치, 서태지, 르코르뷔지에, 미켈란젤로, 셰익스피어, 피카소, 안톤 체호프, 기형도, 마틴 스코세이지, 벤야민, 한나 아렌트, 마크 로스코, 테너시 윌리엄스, 이창동, 도스토옙스키, 무라카미 하루키, 그리고 포스트모더니즘과 시뮬라시옹 같은 개념들에 대해서도.

한솔은 처음에는 흥미롭게 이야기를 주고받았지만, 시간이 흐를수록 조금씩 지쳐갔다. 그리고 태성은 계속해서 입을 다물고만 있었다. 한 번도 대화에 끼어들지 않았다. 몇 번 한솔이 태성에게 말을 걸었는데, 태성은 일관되게 한솔을 무시했다. 그때 태성은 규남과 한솔의 대화에서 왠지 모를 소외감을 느꼈고, 한솔을 바라보며 너는 그냥 돈줄일 뿐이야, 같은 말들을 속으로 삼켰다.

관람을 마친 세 사람은 미술관에 있는 이탈리안 레스토랑에서 늦은 점심을 먹었다. 점심을 먹으며 규남은 한솔에게 학교 성적을 물었다. 한솔은 대답을 회피했다. 규남은 집요하게 성적을 물었고, 두 사람 사이에 스무고개가 시작되었다. 한솔은 결국 전교에서 상위 십 프로의 성적을 유지하고 있다는 사실을 털어놓았다.

—사실 엄마는 꼭 좋은 대학을 가지 않아도 괜찮다고 늘 말해

요. 제 의사와는 무관하게요. 지금 다니는 학원도 제가 먼저 보내달라고 말해서 다니게 된 거예요. 사실 대학에 가면 예술경영을 전공하고 싶은 마음도 있어요. 그래서 이번에 연극을 만드는 것도 의미가 있을 것 같아요. 재미도 있고요. 물론 엄마한테는 아직 말하지 않았지만요.

한솔은 속 깊은 곳에 감춰두었던 이야기를 조금 털어놓게 되었다. 하지만 이번 가을, 몇 곳의 미국 대학교에 원서를 보낼 거라는 계획까지 털어놓지는 않았다.

—그렇구나…… 네 꿈을 응원해.

—……

한솔은 몇 번의 만남을 통해 규남이 과장된 연극 대사 같은 말을 내뱉는다는 것을 알아챘다. 그리고 그때마다 무슨 말을 해야 할지 몰라서 난감했는데, 이번에도 마찬가지였다. 네 꿈을 응원해, 라니…… 한솔은 말없이 어색한 미소를 지었다.

그리고 규남 역시 한솔을 향해 활짝 미소를 지어 보였다. 그 미소는 속 깊은 곳에서 올라오는 진심의 미소였고, 주체하기가 어려웠다. 한솔의 대답을 듣기 전까지 규남은 자신이 한솔의 인생을 망치고 있는 것은 아닐까, 라는 죄책감에 사로잡히곤 했다. 하지만 한솔의 말이 규남의 가슴 한구석에 있던 죄책감을 털어냈다. 그리고 가장 염려했던 것, 그러니까 규남은 한솔이 그녀에게 무슨 말을 할까 늘 두려워했는데, 그것이 괜한 염려였다는 걸 알게 된 것이었다. 이보다 더 완벽할 수 없다고, 규남은 생각했다.

그리고 그전까지 말이 없던 태성이 처음으로 입을 열었다.

—너는 지금 재미를 위해서 연극을 하겠다는 거야? 고작 재미를 위해서?

태성의 말은 시비조에 가까웠다.

—지금은 그렇다는 거예요. 하다보면 다른 의미가 생길 수도 있겠죠.

태성은 규남과 지내면서 숱하게 들었던 말들, 그러니까 진정한 연극이란 무언인가, 에 대해서 말을 하려고 했다. 하지만 규남이 태성의 말을 가로막았다.

—오늘은 전시를 보러 온 거니까 연극의 의미에 대해서는 차차 생각해보자.

규남은 자신을 노려보는 태성의 시선을 외면한 채 한솔의 앞접시에 피자를 담았다.

규남은 집으로 돌아가는 내내 한솔과 카카오톡 메시지를 주고받았다. 태성은 그 모습을 물끄러미 바라보았다. 무슨 연인도 아니고…… 아까 그렇게 실컷 떠들었으면 됐지. 태성은 처음 보는 규남의 모습이 조금 낯설었다.

—형, 그거 알아요?

규남이 메시지를 쓰다 말고 고개를 들었다.

—형의 문제는 매사가 임기응변이라는 거예요.

태성의 목소리는 조금 심술궂었다. 규남은 무언가 골똘히 생각하는 표정을 지었다. 그러다가 깨달음을 얻은 사람처럼 두 눈을 동그랗게 떴다.

—맞아. 그게 현대예술의 트렌드야.

……말을 말자. 태성은 고개를 저었다. 그리고 규남은 한솔에게 현대예술의 트렌드가 뭐라고 생각하느냐는 메시지를 보냈다.

◇

밀라노와 제노바의 경계에 있는 어느 허름한 숙소.

작은 침대와 책상 하나.

책상 위에는 은으로 된 리라가 놓여 있다.

다빈치, 책상에 앉아 루도비코 스포르차에게 보내는 편지를 쓴다.

다빈치, 편지를 쓰며 그것을 읽어나간다.

다빈치 고명하시며 더없이 위대하신 루도비코 스포르차 공작님께.

스포르차 가문과 영원히 불멸할 루도비코 공작님의 위대한 여정에 저의 재주가 보탬이 되고 싶어 이렇게 편지를 드립니다.

저는 사자의 심장을 지니신 공작님과 공작님 휘하의 용맹한 군인들을 위하여 전쟁에 필요한 무기와 기계들을 제작할 수 있습니다. 공성전에 필요한 장비 역시 만들 수 있으며, 해전에서 적의 포격에도 끄떡없는 배를 만들 수도 있습니다.

또한 대리석, 청동, 점토로 예술작품을 만들 수도 있습니다. 그림 역시 마찬가지로, 저는 무엇이든 다 그릴 수 있으며 누구와 비교해도 재주가 모자라지 않습니다. 하나 제가 진실로 바라는 것은 공작님 부친의 불멸의 영광과, 찬란한 스포르차 가문의 명예를 위해 청동 기마상을 제작하는 것입니다.

다빈치, 펜을 내려놓는다.

슬픈 표정의 다빈치.

잠시 후, 다빈치, 책상 위에 놓인 리라를 연주한다.

다빈치의 슬픈 표정을 닮은 리라의 연주 소리.

음악이 고조되는 순간, 다빈치, 리라 연주를 중단한다.

다빈치 하나 제가 진실로 바라는 것은 당신이 아름다움을 아름답다고 말할 수 있는 용기를 지닌 사람이기를.

아름다움에 관한 나의 집착은 피렌체 사람들이 감탄해 마지않는 나의 실력보다 훨씬 더 뛰어나며 나는 무엇이든 아름답게 만들 자신이 있습니다.

2부

1

규남은 코밑에 거뭇한 털이 자라날 때부터 자신은 요절하거나 정신병원에서 생을 마감할 거라고 떠들고 다녔다. 때로는 제임스 딘처럼 교통사고로 죽을 거라고 말하기도 했다. 누군가가 인간이 선택할 수 있는 죽음은 자살뿐이라고 말했다.

—자살도 괜찮지.

규남은 웃으며 그렇게 말했다. 사람들은 이해할 수 없다는 표정을 지었다. 그럼 규남은 비장한 표정을 지은 채 예술가의 운명은 모름지기 그런 것이라고 말했다. 규남은 언제 어디서나 예술가들에 대해서 떠들었다. 오로지 예술가들의 삶에 대해서만. 그러니까 피카소가 그린 작품이 아니라 피카소가 얼마나 많은 여자와 교제를 했는지, 또 거리에서 그림을 그려달라는 부탁을 받고 그 자리에서 대충 그림을 그려준 뒤 터무니없는 금액을 요구했던 일화들에 대해서.

대부분의 친구들은 그런 규남을 무시했다. 알 수 없는 웃음을 짓는 친구들도 있었다. 몇몇 친구들만이 규남의 말에 귀를 기울였다. 규남은 그 몇 안 되는 친구들에게 끊임없이 말을 늘어놓았는데, 그건 대개 자신이 세상에서 얼마나 불행하고 외로운지를 고백하는 내용이었다. 누군가는 진지하게 이렇게 말하기도 했다.

—규남아, 『인간 실격』 같은 책은 그만 읽고 밖에 나가서 바람도 좀 쐬고, 친구들이랑 축구도 좀 하고 그래.

그 말은 사실이었다. 규남은 어린 시절부터 『인간 실격』이나 『젊은 예술가의 초상』 『달과 6펜스』 같은 책을 즐겨 읽었고, 리어나도 디캐프리오가 랭보 역할을 맡은 〈토탈 이클립스〉와 프리다 칼로의 생애를 다룬 〈프리다〉 같은 영화를 여러 번 보았다.

그리고 규남은 언제부턴가 자신이 즐겨 본 책이나 영화의 주인공들처럼 특별한 인생을 살고 싶다는 소망을 갖게 되었다. 가수나 화가, 배우, 작가, 영화감독, 보헤미안, 아나키스트, 하다못해 신내림을 받은 무당이라도 되고 싶었다.

하지만 그건 조금 먼 미래의 일 같았고, 학생 신분인 규남이 할 수 있는 일은 방학 때마다 머리를 빨갛게, 혹은 노랗게 염색하고 담배를 피우는 것이 고작이었다. 고등학교 시절에는 실용음악 학원에서 기타와 보컬 레슨을 받기도 했다. 하지만 무언가를 배우기 위해서는 연습이 필요했고 연습은 늘 같은 것을 반복하는 일이어서 시작한 지 얼마 안 돼 지겨워졌다. 그러면 또다시 새로운 것에 눈길이 갔다. 친구들이 제발 정신 좀 차리라고 말하기도 했다. 그럼 규남은 인터넷에 떠돌아다니는, 서태지가 썼다고 잘못 알려진 출처 불명의 '고등학교 자퇴서'를 보여주었다.

나는 두 가지 길 중 사람들의 발자취가 없는 가시밭길을 택하련다.
나의 선택에 따르는 고통은 견딜 수 있다.
가시를 밟으며 피를 흘린 듯 새로운 곳에 내가 먼저 갈 수 있다면.

몇 안 되는 친구들마저 규남을 멀리하기 시작했다. 그들에게 필요한 건 철 지난 노래를 흥얼거리는 친구가 아니라 메가스터디 아이디를 공유할 친구였으니까.

당연히 대입에 실패했고, 규남은 도망치듯이 군대에 입대했다. 휴가 때마다 아버지는 규남을 앉혀놓고 군대에 말뚝을 박으라고 말했다. 그때 규남은 뭐가 되고 싶은지는 잘 몰랐지만, 군인이 되고 싶지 않다는 것은 알았다.

—그럼 대학에 가라.

그래서 규남은 전역을 하자마자 노량진에 있는 재수학원에 다녀야만 했다. 말뚝을 박지 않은 대가였다.

때때로 규남은 집과 학원을 오가는 지하철에서 대학교 로고가 박힌 잠바를 입고 다니는 또래들을 마주했다. 규남은 그들이 느끼고 있을 자부심과 소속감을 알량한 것이라고 비웃었다. 하지만 한편으로는 부러운 마음이 드는 것도 사실이었다. 어쨌거나 어디에도 소속되지 못한다는 건, 외로운 일이었으니까.

이른 아침부터 재수학원에서 수업을 듣고 있노라면, 규남은 청춘이 썩고 있다는 느낌을 지울 수가 없었다. 만약 그때 누군가가 규남에게 청춘이 뭐냐고 물었다면 규남은 제대로 된 대답을 하지 못했을 테지만, 확실한 건 자신이 지나고 있는 청춘이 어린 시절에 꿈꿨던 청춘은 아니라는 것이었다. 그 시절, 규남은 자신이 어긋난 길에 들어섰다는 생각에서 벗어날 수 없었다.

—이재용도 재수를 했습니다, 여러분.

재수학원 영어 강사의 말에 학생들이 웃음을 터뜨렸다.

—내가 솔직히 말할게요. 여러분은 지금 have야, have. 근데 아직 p.p가 없는 거야. 그래서 현재완료가 못 되는 거지. 현재완료가 되려면 어떻게 해야 돼. have 뒤에 동사가 와야지. 그럼 여러분한테 동사는 뭐야.

누군가가 작은 목소리로 대학이요, 라고 말했다. 강사가 빙고를 외쳤다. 학생들이 다시 웃음을 터뜨렸다.

—내가 현재완료의 역할이 뭐라고 했어요. 마침표라고 했지. 뒤

를 돌아보거나 앞으로 나아가거나 어쨌든 기준이 있어야 되는 거잖아. 그래서 일단은 완료라는 기준점을 찍는 거라고. 대학도 똑같아. 일단 대학을 찍어야 돼, 무조건. 그래야 과거를 돌아보든 미래를 진행하든지 할 거 아니야. 그러니까 그때까지는 연애도 하지 마. 이번엔 안 웃네. 아무튼 여러분들은 지금 연애하면 안 돼. 어차피 대학 가면 다 해. 하기 싫어도 하게 돼. 벚꽃 구경도 가지 마. 벚꽃 구경은 애인이랑 가는 거야. 혼자 가면 괜히 마음만 심란해져.

규남은 강사의 말을 듣고서야 봄이 온 것을 알았다. 그날 이후, 규남은 벚꽃을 구경하고 싶어서 견딜 수가 없었다. 규남은 강의를 들을 때마다 열은 미열에 시달렸다. 미열을 가라앉히는 방법은 바람에 흩날리는 연홍빛의 잎을 보는 것뿐이었다.

그래서 규남은 벚꽃을 구경하기 위해서 수업을 빠지고 여의도에 갔다. 하지만 홀로 여의도를 거닐 자신이 없었다. 그래서 규남은 다시 지하철을 타고 홍대로 향했다. 한번 시작된 일탈은 그후로도 계속되었고, 규남은 마음이 들뜨거나 가라앉을 때면 학원에 가는 대신 홍대나 신촌으로 가곤 했다. 홍대나 신촌이 지겨울 때는 명동이나 대학로에 갔다. 때때로 규남은 번화가의 주황색 천막에 들어가 오천원을 내고 사주를 보곤 했다.

—제 사주에 역마살이 있나요.

규남은 언제나 기대에 찬 목소리로 그렇게 물었는데, 아무도 규남의 사주에 역마살이 있다고 말하지 않았다. 규남의 사주를 본

다섯 명 중 한 명이 역마살이 아니라 원진살이 있다고 했다. 규남은 원진살이 무엇인지를 물었다.

—액운이야, 액운. 남자랑 여자가 이유 없이 미워하는 거. 결혼할 때마다 이혼할 팔자라고.

—그럼 바람둥이 팔자라는 거예요?

규남이 한껏 기대에 찬 목소리로 물었다.

—아니, 그거랑은 좀 달라.

기대했던 바람둥이 팔자나 역마살은 아니었지만, 규남은 자신의 사주에 액운이 있다는 게 마음에 들었다. 삶의 시련이여, 내게로 오라. 사주를 풀이한 사람이 싱글벙글하는 규남을 이상한 눈초리로 바라보았다.

규남의 9월 모의고사 성적표는 처참했다. 수험생이던 시절보다도 나빴지만 예상했던 결과였기에 규남은 크게 낙담하지 않았다. 그 무렵, 규남은 정말이지 간절하게 원하고 있었다. 대학이 아닌, 자신의 인생을 걸어볼 만한 무언가를.

◇

다빈치 밀라노의 통치자 루도비코 스포르차는 사납고 성미가 급한 인물이었습니다. 칼을 통해 권력을 차지한 군인 집안의 내력을 그대로 물려받은 것이지요. 더불어 거만하기 짝이 없었지만 자신이 거만하다는 것을 알아서 오히려 매력적이었습니다. 당연히 예술에는 문외한이었으며, 그것을 딱히 수치라고 여기지도 않았습니다. 나는 그 점도 마음에 들었습니다. 그가 나의 후원자가 된다면, 나는 그 어떤 간섭 없이 그림을 그릴 수 있으리라 생각했으니까요.

내가 스포르차 궁전에서 은으로 된 리라를 연주했을 때, 그는 진심으로 감동받은 표정을 지으며 아름답다고 여러 번 말했습니다. 내 안에서 희망 섞인 기대가 자라났습니다. 하지만 내가 루도비코의 후원을 받게 되는 건 조금 나중의 일입니다.

2

규남이 〈너무 놀라지 마라〉라는 연극을 본 것은 순전히 우연이었다. 시간을 때우기 위해서 대학로를 어슬렁거리다가 호전적인 제목의 연극 포스터에 눈이 갔다. 규남은 아무 기대 없이 표를 끊었다.

연극이 끝난 후, 규남은 이 우연이 자신의 인생을 뒤바꿀 운명이라 믿었다. 산 자와 죽은 자가 뒤엉키며 말을 주고받는 무대. 그 무대에서라면 규남은 어린 시절부터 꿈꿨던 그 모든 것이 될 수 있을 것 같았다. 자신이 그동안 방황하며 찾아 헤맸던 것이 바로 '연극'이라고 생각했다.

그후로 규남은 학원 대신 대학로에 가서 수많은 연극을 보았다. 1998년 잠수정을 타고 북에서 남으로 침투한 북파공작원들의 이야기*부터 딸을 찾으러 연변에서 온 중년여성이 한강이 보이는 고층 아파트에서 파출부 일을 하며 겪는 이야기**까지, 규남은 그 모든 이야기에 매료되었다.

*

수능을 한 달 앞둔 어느 날, 규남은 재수학원을 그만두었다.

—연극을 하려구요.

규남은 날벼락을 맞은 듯한 부모의 표정을 바라보았다.

—차라리 테레비에서 하는 오디션 프로에 나가지 그러냐.

먼저 입을 뗀 것은 규남의 아버지였다. 아버지는 규남의 얼굴을 빤히 바라보다가 베란다로 나가서 담배를 피웠다. 아버지가 담배를 피우는 사이 규남의 어머니가 말을 꺼냈다. 그녀는 대뜸 연극쟁이가 되면 폐병에 걸릴 거라고 말했다. 그리고 한탄과 바람이 뒤섞인 말들이 이어졌다. 사실 너에 대한 기대는 진즉에 버렸다, 아버지가 대기업의 하청의 하청에서 일을 하니 너는 대기업의 하청쯤에서 일을 하면 소원이 없겠다(규남은 그 말에 자존심이 상했다) 같은 말들을.

---

* 이해성 작, 〈고래〉.

** 김은성 작, 〈연변 엄마〉.

—그럼 네 자식은 대기업에 다닐 수 있지 않겠니.

규남은 말없이 자신의 방으로 되돌아갔다. 잠시 후, 방문 너머로 자식이 저렇게 된 것은 서로의 탓이라는 부모의 다툼 소리가 들려왔다. 슬픔이나 분노가 생기지는 않았다. 오히려 조금 기쁘기까지 했다. 위대한 예술가가 처음 맞닥뜨리는 시련이 바로 가족들의 반대 아닌가. 규남은 자신에게 다가오는 시련을 기쁜 마음으로 받아들였다.

◇

다빈치 밀라노는 국경을 맞댄 프랑스와 언제나 으르렁거렸고, 베네치아를 비롯한 여러 도시국가들과도 사이가 좋지 않았습니다.

또 밀라노 내부에서는 스포르차 가문이 비스콘티 가문을 물리치고 밀라노의 주인이 된 것처럼 스포르차 가문을 물리치고 밀라노의 주인이 되려는 세력들이 종종 등장했습니다. 루도비코는 밀라노의 안과 밖에서 늘 시달렸죠.

이 사실을 알게 된 후, 나는 당장 후원을 받을 수 있으리라는 기대를 접은 채 작은 보테가를 차렸습니다. 하지만 보테가 운영은 녹록지 않았습니다. 피렌체에서와 달리 나는 무명에 가까웠으니까요.

나는 아무도 찾지 않는 보테가에 머물며 피렌체에서 완성하지 못한 작품들을 매만지며 시간을 보냈습니다. 그 일이 따분할 때면 살라이와 함께 밀라노를 걸었습니다. 내가 마주한 밀라노의 건축물들은 피렌체에 비하면 하나같이 볼품없었고, 시대에 뒤처진 양식을 채용한 것들이 대부분이었습니다. 나는 오직 크기에만 집착한 건축물들을 보면서 안도와 서늘함을 동시에 느꼈습니다. 밀라노에 나의 자리가 있을 것이라는 안도와, 무덤에 발을 딛고 서 있는 듯한 서늘함을 말입니다.

*

규남은 금명제지에서 나오자마자 태성에게 술을 마시자고 말했다. 태성의 가슴이 덜컹 내려앉았다. 규남은 지난번처럼 앞장서서 편의점으로 발걸음을 옮겼다.

규남이 건배를 제안했다. 태성은 미심쩍은 얼굴로 종이컵을 부딪쳤다. 그리고 규남이 지난번처럼 이상한 소리를 지껄이면 소주병으로 규남의 머리를 내려치리라 마음먹었다.

—이제 정말로 연극을 만들 거야.

규남이 마른오징어의 껍질을 벗기며 말했다. 태성은 믿기지 않아서 몇 번이나 진짜냐고 되물었다. 그때마다 규남은 오징어를 질겅질겅 씹으며 고개를 끄덕였다.

—그럼 공장은 언제 관두는 거예요?

태성이 잔뜩 들뜬 목소리로 물었다.

—당장 관두지는 않을 거야.

태성은 규남의 말이 이해되지 않았다. 공장을 관두지 않는데 어떻게 연극을 만들 수가 있나. 규남이 곧바로 변명 같은 말들을 늘어놓았다. 어차피 주말에만 한솔을 만날 수 있으니 평일에는 조금만 더 일을 하자고, 그리고 가을에는 정말로 공장을 관두자고 말했다.

그러면 그렇지, 믿은 내가 병신이지. 태성은 규남을 노려보며 한 번만 더 말이 바뀌면 그때는 정말로 가만있지 않겠다고 다짐했다.

3

트럭 안에서는 방향제와 기름이 뒤섞인 냄새가 풍겼다. 숨이 막히고 머리가 지끈거렸다. 규남은 조심스레 창문을 내렸다. 차 안으로 바람이 들어오기도 전에 왕주인이 조수석 창문을 올렸다. 규남은 입을 다물고 창밖으로 시선을 돌렸다. 그리고 속에서 올라오는 한숨을 삼켰다. 어느새 차는 톨게이트를 지나 고속도로로 진입했다.

한 시간 전, 금명제지 앞에는 일 톤 트럭이 주차되어 있었다. 대형 화물차가 아니라 일 톤 트럭이라니, 오늘은 재수가 좋네. 규남은 싱글벙글하는 표정을 감추며 느긋하게 짐을 날랐다. 짐을 모두 나른 후에도 점심을 먹기까지는 제법 시간이 남아 있었다. 규남은 담배를 피우며 점심때까지 시간을 때울 요량이었다. 규남이 슬며시 공장 밖으로 나가려는 순간, 왕주인이 규남을 불러 세웠다.

―뚱땡이, 너는 차에 타.

규남은 담배도 피우지 못한 채 조수석에 올라탔다. 왕주인이 왜 자신을 차에 태웠는지 규남은 전혀 예상이 되지 않았다. 결재 서류를 쥔 왕주인은 운전석에 올라타자마자 시동을 걸었다. 당황한 규남의 입에서 어어어, 라는 말이 흘러나오는 사이, 트럭은 금명제지를 빠져나왔다.

―저기, 부장님. 어디로 가시는 거예요.

차가 천안을 지날 무렵 규남이 조심스레 말을 꺼냈다. 왕주인은 대답하지 않았다. 규남의 입에서 작은 한숨이 흘러나왔다. 잠시 후, 고속도로 표지판 위로 대전이라는 글자가 보였다.

―뚱땡이.

―네.

―깽깽이도 너처럼 연극쟁이냐.

규남이 깜짝 놀라서 왕주인을 바라보았다.

―내가 그랬지. 나는 다 안다고.

설마 흥신소에 의뢰라도 한 걸까. 규남의 등골이 서늘해졌다. 규남은 왕주인의 옆모습을 힐끔 보았다. 두꺼비를 닮기는 했지만 길거리에서 마주하는 중년의 남자들과 별반 다르지 않은 모습이었다.

―너 정말로 그깟 소꿉놀이로 세상이 바뀔 거라고 생각하냐? 막 천지가 개벽할 것 같냐고.

벼락 같은 말이었다. 규남은 모욕을 당한 것처럼 기분이 나빠졌는데, 그 모욕은 자신이 아니라 연인이나 가족을 향한 것처럼 느껴졌다.

—저는 연극을 좋아해요.

저도 모르게 나온 말이었다. 규남은 곧바로 그 말을 내뱉은 걸 후회했다. 애들이나 내뱉을 말이라는 생각이 들었고, 그래서 왕주인이 자신을 우습게 여길 것만 같았다.

—바다여. 반항하여 일어서는 자들의 조국이여, 굴복을 모르는 그대의 백성들이 여기 있다. 쓰디쓴 소금물에 절여져 깊은 바닥에서 솟구치는 거대한 파도가 그대들의 끔찍한 도시들을 단숨에 쓸어가리라.* 야, 뚱땡이. 너 이게 무슨 말인지 아냐.

당연히 알았다. 어느 작품인지는 모르지만, 그것이 연극의 대사라는 것을. 왕주인은 대전에 도착하기 전까지 자신의 이야기를 들려주었다.

1966년에 대구에서 태어난 왕주인은 스무 살에 서울 종로에 있는 어느 대학에 입학했다.

왕주인은 상경하기 전까지 서울 역시 그가 자란 대구와 별반 다르지 않을 것이라 여겼다. 하지만 80년대의 서울, 특히나 대학가

* 알베르 카뮈, 「계엄령」.

주변은 언제나 전쟁터를 방불케 했다. 왕주인은 최루탄 가스 때문에 자주 눈물을 흘렸고, 언제부턴가 제일 앞장서서 시위에 나섰다. 그리고 누구보다 크게 전두환은 물러나라고 외쳤다. 대구에서 나고 자란 왕주인은 대학에 입학하기 전까지 전두환과 동향이라는 사실을 은근히 자랑스러워했다. 하지만 1980년에 광주에서 일어난 학살을 알게 된 순간부터 그 사실이 부끄러워서 견딜 수가 없었다. 왕주인은 전두환과 같은 사투리를 쓴다는 것도 못 견디게 부끄러웠고, 그래서 사투리를 고치기 위해서 연극부에 가입했다.

왕주인은 하숙방에서 연극부 선배들이 건네준 책을 읽었다. 선배들이 건넨 책은 『전태일 평전』이나 『역사란 무엇인가』 같은 책들이 아니었다. 그들은 오로지 희곡으로만 세상을 학습했다. 황석영의 「장산곶매」를 통해서 자주와 민족성을 배웠고, 브레히트의 『억척 어멈과 그 자식들』을 읽으며 전쟁의 참혹함과 이데올로기를 배웠다. 또 카뮈의 「정의의 사람들」을 읽으며 투쟁이 나아가야 할 방향에 대해서 밤새 토론했다. 그리고 왕주인은 때때로 국민교육헌장의 첫 문장을 떠올리곤 했다. 우리는 민족중흥의 역사적 사명을 띠고 이 땅에 태어났다는. 그 시절, 뭔지 모를 사명감이 왕주인의 몸을 휘감았다.

새 학기가 시작된 후, 연극부는 자신들만의 투쟁을 계획했다. 강의실에 하얀색 천막을 치고 영사기로 광주에서 벌어진 학살에 관한 영상을 틀어주는 일 대신 다른 무언가를. 단순히 사실을 전

달하는 것을 뛰어넘어 사람들의 사상을 개조할 수 있는 다른 무언가를.

연극부원들은 이른 아침부터 강의실 창문에 검은색 종이와 천을 덕지덕지 붙였다. 그리고 칠판 아래에 나무판자 여러 장을 덧댔다. 소식을 들은 학생들이 하나둘씩 강의실로 모여들었다. 왕주인은 무대 중앙에 놓인 촛불에 불을 붙였다. 그리고 나지막한 목소리로 연극의 시작을 알리는 대사를 내뱉었다.

—어둠입니다. 순백의 순결한 시대는 아직 오지 않았습니다.

연극은 연극부원들이 감명깊게 읽은 희곡의 일부분을 토막 내서 이어붙인 것에 불과했다. 황석영으로 시작해서 이오네스코의 작품으로 끝이 나는 공연이었다. 강의실에 있는 대부분의 학생들은 그 공연을 이해하지 못했다. 학생들은 어렴풋이 연극이 독재에 대해서 말하고 있구나, 라고 짐작할 뿐이었다. 왜냐면 연극 사이사이에 독재 타도나 전두환은 물러나라, 와 같은 대사들이 삽입됐으니까. 하지만 학생 중 누구도 그들의 어설픈 공연을 비난하지 않았다. 어쨌거나 연극부 역시 그곳에 모인 학생들처럼 전두환이 물러나기를 바랐으니까. 그리고 외쳤으니까.

공연을 끝낸 연극부원들이 학교 앞 술집에서 막걸리잔을 부딪쳤다. 누군가가 이제 담장을 넘을 차례라고 말했다. 반대하는 사람들은 아무도 없었다. 그들은 다른 학생들이 만든 유인물—광주에서 벌어진 학살에 관한 내용이 적힌—로는 세상을 변화시킬 수 없다고 의견을 모았다. 그들은 다른 학생들과는 다른 대자보와 유인물을 만들기로 하고 각자 집으로 돌아가서 희곡의 한 장면을 종이에 옮겨 적었다.

시민들이여, 알에서 깨어나라!

박물관장 지금 정확한 시간은 영시 이십사분 구초, 시민 대표 여러분, 그러니까 어제는 지나가고 오늘이 되었습니다. 오늘 우리들은 위대한 임금님을 맞이하게 됩니다. 이제 무질서한 분위기를 차분히 가라앉히고 경건해야 할 때입니다. 앞으로 예닐곱 시간 후엔 태양이 떠올라 이 알을 부화하러 비출 것입니다. 시민들은 지금부터 엄숙한 자세를 갖추십시오. 허리를 꼿꼿이 펴고, 손은 군대식으로 차렷, 발은 뒤꿈치를 딱 붙여야 하며, 눈동자의 초점은 알에 맞추어 조금도 어긋남이 없어야 합니다. (시민 대표들은 그의 말에 따라 자세를 바로잡는다.) 시민들, 좀 괴롭기야 하겠지만, 알 속에 웅크리고 앉아 계시는 임금을 생각해보시오. 예닐곱 시간이란 눈 깜짝할 사이지요. (그는 시계를 부둥켜안고 상자 위에 편안히 앉아서 졸기 시작한다.)

시민 나 왜 당신만이 편안히……?

박물관장 나야 알의 발견자 아니오?

시민 나 나는 심장질환 때문에 오래 서 있으면 숨이 가빠집니다. 더구나 관절염도 앓고 있고……

박물관장 당신의 병든 몸보다 먼저 국가를 생각하시오.

시민 나 네.

시민 가 (뛰어들어오며) 내가 그 사기꾼을 쫓아……

박물관장 뛰지 말고 정지! 알을 향하여 차렷! 움직이지 말 것!

시민 가 (멈추어 서서) 네?

박물관장 경건한 자세!

같은 희곡의 한 장면*을.

*

이른 새벽, 연극부원들은 거리로 나섰다. 그들은 벽과 전봇대에 희곡의 한 장면이 적힌 대자보를 붙였다. 그리고 두 그룹으로 나누어 한 그룹은 희곡을 낭독했고, 다른 그룹은 길을 지나는 사람들에게 밤새 옮겨 적은 종이를 나눠주었다. 종이를 받은 사람들은 종이를 흘겨보곤 바닥에 버렸다. 연극부원들은 예상치 못한 반응에 당황했다. 그들은 강의실에서 받았던 박수까지는 아니어도 사람들이 자신들에게 관심을 가질 줄 알았다. 그후로 몇 차례 더 거리에 나갔지만, 사람들의 반응은 한결같았다. 왕주인은 울분에 차

* 이강백, 「알」, 『이강백 희곡전집 1권』, 평민사, 1982, 74~75쪽.

서 고함을 내질렀다.

—그래 씨발, 평생 등신처럼 MBC 청룡이나 응원하라지.

왕주인은 진심이었다. 왕주인은 담장 너머의 사람들이 자신들의 말에 귀를 기울이기보다 그깟 프로야구 따위에 열광하는 것을 받아들일 수 없었다. 아니, 정말로 그래서는 안 된다고 생각했다. 누군가는 독재에 맞서다가 남영동에 끌려가서 고문을 당하는데.

결국 연극부원들은 담장 안으로 되돌아갔다. 연극부원들 사이에서 담장 밖에서 벌어진 일을 두고 여러 말들이 오갔다. 대화는 조금씩 거칠어졌고, 서로가 서로에게 평생 지울 수 없는 말들을 내뱉는 지경에 이르렀다. 연극부를 이끌던 몇 명의 선배들이 탈퇴했고, 결국 연극부는 갈기갈기 찢어져버렸다.

그렇게 다시 한 학기가 지난 후 왕주인은 군대에 입대했다. 왕주인이 전역을 하고 복학을 했을 때도 대통령은 여전히 군인 출신이었고, 그래서 시위는 예전처럼 계속됐지만, 왕주인은 한 번도 시위에 나서지 않았다.

왕주인이 차를 몰고 간 곳은 대전에 있는 어느 택배회사의 물류센터였다. 왕주인은 트럭에 실린 박스들을 창고로 옮기라고 말한 뒤 결재 서류를 들고 어디론가 사라졌다. 규남은 홀로 박스들을 창고로 옮겨야만 했다.

박스를 옮기는 동안 규남은 왕주인이 들려준 이야기를 곱씹어

보았다. 도무지 믿어지지 않는 이야기였다. 그리고 한편으로는 왕주인이 했던 말이 자꾸만 귓가에 맴돌았다. 그깟 소꿉놀이로 세상이 바뀔 것 같냐는 말이.

멀티플렉스와 유튜브가 없던 시절의 '연극'과 지금의 '연극'이 다르다는 것쯤은 알고 있었다. 대학로에서 연극을 보는 관객들 역시 대부분 연극계에 몸담고 있거나 대학에서 연극을 공부하는 학생들이라는 것도.

하지만.

하지만…

하지만……

그것 말고도 무언가가 더 있지는 않을까. 규남은 자신의 질문에 대답을 하고 싶었다. 하지만 마땅한 대답은 떠오르지 않았다.

박스를 창고 안으로 모두 옮기기까지는 꼬박 두 시간이 걸렸다. 규남이 마지막 박스를 옮기자마자 마치 계속 지켜보고 있었던 사람처럼 왕주인이 모습을 드러냈다. 왕주인은 말없이 운전석에 올라탔다. 담배는커녕 기지개를 켤 여유조차 없었다. 규남은 조수석에 올라타며 다시 되돌아갈 길을 떠올렸다. 벌써부터 숨이 막혀왔다. 두 시간이 넘는 그 시간을 견딜 수가 있을까. 어쩐지 자신이 없었다.

규남은 허리를 곧추세운 채 창밖을 바라봤다. 허리와 어깨에서 뻐근한 통증이 전해졌고, 담배 생각이 간절했다. 규남은 어서 빨리 안양에 도착하기를 바랐다.

—콘솔 좀 열어봐.

규남은 왕주인이 시키는 대로 콘솔을 열었다. 몇 개의 서류철과 주유소 로고가 박힌 휴지들, 그리고 한 뭉치의 로또복권 종이가 눈에 띄었다. 어림잡아도 수백 장은 될 듯싶었다.

—야, 뚱땡이. 너 왜 사람들이 매일 로또 사는지 알아? 진짜 당첨돼서 팔자라도 고치려고 사는 거 같아? 그러면 좋지. 근데 오십 년 넘게 살면 인생에서 그런 행운이 내 몫이 아니란 것쯤은 알아. 등신 천치가 아니고서야. 그런데도 왜 매주 로또를 사는지 아냐? 당첨금을 받으면 뭘 할지 상상을 할 수 있으니까. 그래서 사는 거야. 일등 금액에서 세금 삼십삼 프로 떼고, 그럼 얼마가 남고, 그 얼마 남은 돈으로 할 수 있는 걸 상상하는 거라고. 새로 들어서는 아파트 시세도 좀 알아보고, 삼성전자 주식이 몇 프로나 올랐는지도 보고. 그렇게 오천원으로 일주일을 버티는 거야.

꼭 놀이동산 입장권 같다고, 규남은 생각했다.

—너 얼마 전까지 그 MRI인가 뭔가 하는 카드 찍었지.

—MRI가 아니라 OMR 카드요.

—말대꾸하지 마.

—……

—그게 가만 보니까 로또 번호 찍는 거랑 똑같아. 1번에서 45번까지 까만색으로 칠하는 게. 근데 네가 하려는 연극이라는 것도

로또 같다는 생각은 한 번도 안 해봤냐.

그날 이후, 규남은 왕주인을 피하기 시작했다. 왕주인을 볼 때마다 왕주인이 했던 말이 떠올랐기 때문이다. 규남은 왕주인을 발견하면 재빨리 발걸음을 되돌리거나, 그게 여의치 않을 때는 고개를 숙이고 작업에 열중하는 척했다. 그런데도 왕주인은 기어이 규남에게 다가와서 무슨 말들을 내뱉었다.

—너 좋은 세상을 꿈꾼다고 외치는 사람들의 문제점이 뭔지 알아? 정작 자신은 좋은 사람이 되려는 노력을 안 한다는 거야. 책임감이 없어, 책임감이.

거기까지만 말했으면 좋았겠지만 왕주인은 언제나 돈과 연결지어 말을 끝맺었다.

—이 시대의 책임감이 뭐야. 돈이라고, 돈. 벌어먹고 사는 거. 그게 제일 중요한 거야.

◇

다빈치 나는 보테가를 차린 지 얼마 지나지 않아, 데프레디스 형제를 소개받았습니다. 그 형제 역시 나처럼 작은 보테가를 운영했는데, 실력은 평범했지만 수완이 나쁘지 않았습니다. 우리는 곧 보테가를 합쳤고, 공동으로 보테가를 운영하게 되었습니다.

그리고 틈틈이 루도비코 스포르차에게 편지를 썼습니다. 나는 밀라노를 빛나게 해줄 건축물을 쌓을 수 있고, 전쟁에서 승리를 안겨줄 무기를 만들 수도 있으며, 도시의 수로를 정비할 수도 있고, 세상에 존재하는 그 무엇이든 그릴 수 있다는 내용의 편지를.

4

규남은 당황한 표정을 숨기지 못했다. 한솔 역시 당황한 것은 마찬가지였다. 두 사람은 당황한 표정을 숨기기 위해서 안간힘을 써야만 했다.

전날 밤, 태성에게 낯선 주소가 찍힌 메시지를 받았을 때, 한솔은 그곳이 연극을 만드는 연습실인 줄 알았다. 한솔이 상상했던 공간은 유튜브 영상에서 봤던 연예기획사 연습실처럼 윤이 나는 마룻바닥에, 한쪽 벽면에는 거울이 붙어 있고, 대형 스피커가 설치된 곳이었다. 하지만 한솔이 발 디딘 곳은 자신의 집 화장실만 한 크기에 낡은 가구들이 가득 들어찬 방이었다. 방바닥은 눅눅했고, 한 번도 맡아본 적 없는 쿰쿰한 냄새가 코를 찔러왔다.

—잘 왔어. 여기가 우리가 사는 곳이야. 이제부터는 연습실로

쓰일 거야. 반지하라서 층간소음도 크게 걱정할 거 없어.

태성이 한솔을 보며 과장된 말투로 말했다. 규남이 뒤늦게 한솔이 앉을 자리를 마련하기 위해서 빨래 건조대를 접었다.

—요즘 미니멀리즘이 대세잖아.

규남이 웃으며 말했지만, 표정 어딘가에 묻은 당혹감까지 감추지는 못했다. 규남은 이게 어찌된 일이냐는 얼굴로 태성을 바라보았는데, 태성은 약을 올리는 사람처럼 규남을 바라보며 미소를 지을 뿐이었다.

한솔은 잠깐 눈치를 살피다가 슬며시 바닥에 앉았다. 오랜만에 양반다리로 앉아서인지 금세 종아리가 저려와서 한솔은 다리를 살짝 폈다. 규남은 말이 없었고, 태성 역시 입을 다문 채 규남이 입을 열기를 기다리고 있었다. 그사이, 한솔은 칠이 벗어진 책상과 먼지가 들러붙은 선풍기 날개에 자꾸 눈길이 갔고, 그러지 않기 위해 가방에서 출력물을 꺼냈다. 그 출력물은 며칠 전 규남이 한솔에게 메일로 보내준 것으로, 규남이 쓴 희곡과, 희곡을 쓰기 전에 다빈치의 입을 빌려 규남 멋대로 다빈치의 생애를 재구성한 일종의 작가 노트였다. 한솔은 그곳에 오기 전까지 규남이 쓴 글들을 여러 번 읽었다.

—어땠어?

규남이 한솔에게 자신의 글을 읽은 소감을 물었다. 태연한 말투였지만, 규남의 표정에는 긴장한 기색이 역력했다.

—재미있었어요. 특히 마지막 장면이요. 다빈치가 〈최후의 만찬〉을 그런 의미로 그렸는지는 몰랐거든요. 물론 작가의 상상이지만 말이에요. 그리고 어쩐지 연극이랑 조금 닮았다는 생각도 들었어요. 막이 내리면 처음부터 존재하지 않았던 것처럼 느껴진다는 점이. 중학교 때 가족들이랑 밀라노에서 직접 〈최후의 만찬〉을 본 적이 있었거든요. 그때 가이드가 알려줬어요. 우리가 보고 있는 건 복원된 거라고. 다빈치가 처음 그렸던 〈최후의 만찬〉은 금세 부식됐다고.

한솔의 말대로 다빈치가 산타 마리아 델레 그라치에 수도원에 그린 〈최후의 만찬〉은 완성된 지 얼마 지나지 않아 부식이 시작되었다. 전문가들은 그 이유가 다빈치가 젖은 벽면에 색을 칠하는 프레스코 기법 대신 달걀노른자와 기름을 섞은 안료를 사용하는 템페라 기법을 사용했기 때문이라고 했다. 규남은 그 말을 곧이곧대로 믿지 않았다.

—나는 다빈치 같은 완벽주의자가 그런 실수를 했을 리가 없다고 생각하거든.

규남은 다빈치의 생애와 르네상스에 관한 이야기를 한바탕 길게 늘어놓았다. 규남의 말은 자연스레 그들이 만들 연극에 대한 이야기로 나아갔다. 규남은 연극의 마지막 장면에서 소품으로 등장할 〈최후의 만찬〉이 지워지는 것을 표현하겠다고 했고, 또 코러스를 등장시켜 뮤지컬적인 요소를 가미하는 것도 염두에 두고 있다고 했다.

—그러니까 아직까지는 아무것도 정해진 게 없다는 거네요.

태성이 규남의 말에 딴지를 걸었다. 뜨거웠던 분위기가 순식간에 가라앉았다.

—내 말은 여러 가능성이 무궁무진하다는 거지.

규남의 말이 끝나자마자 태성이 비웃는 표정을 지었다. 규남은 그런 태성을 애써 무시한 채 다시 말을 이어갔다.

—그런데 연극에서 극劇이라는 한자는 말이지, 참 재미있는 단어야. 호랑이虍가 버티고 있고, 그 밑에 돼지豕가 있고, 그 곁에 칼刀이 붙어서 극이라는 글자가 만들어지는 거지. 호랑이랑 돼지랑 칼.

—응. 돼지는 이쪽이야.

태성이 턱으로 규남을 가리켰다. 규남의 목이 붉게 물들었고, 규남과 태성은 서로를 노려보았다. 한솔이 분위기를 전환하기 위해서 말을 꺼냈다.

—저기, 그런데 있잖아요. 그 싸움에서 누가 이겨요?

—응? 뭐가.

—극이라는 한자요. 돼지랑 호랑이랑 칼이 있다고 했잖아요. 그럼 누가 이겨요.

한솔은 왜 이리 궁금한 게 많을까…… 규남은 예상치 못한 한솔의 질문에 조금 당황했지만 이내 마음을 가다듬고 태성 앞에서 그랬던 것처럼 아리송한 말들을 늘어놓았다.

—음, 글쎄, 꽤 흥미롭네. 사실 호랑이랑 돼지는 짐승이고 칼은 생명을 빼앗는 도구잖아. 나는 짐승들과 생명을 빼앗는 무기라는 조합이 빚어내는 이상한 긴장감, 갈등상태, 그런 것들이 극이 아닐까 싶어.

방금 지어낸 말치고는 꽤 그럴듯했다고, 규남은 생각했다. 하지만 태성은 소리를 내며 콧방귀를 뀌었다. 다시 또 규남과 태성의 눈싸움이 시작되었다. 이번에도 한솔이 말을 꺼내야만 했다.

—그런데 우리는 세 명인데 등장인물은 세 명이 넘잖아요. 우리 말고 연극을 할 사람들이 더 있나요.

—우리는 일인다역을 할 거야. 연극에선 뭐든지 다 가능하니까.

—응. 맞아. 솔방울로 수류탄을 만들고 가랑잎으로 압록강을 건널 수도 있어.

이번엔 규남이 태성을 쏘아보았다. 태성은 한솔에게 궁색한 변명을 그럴듯한 말로 포장하는 것이 규남의 특기라는 것을 말하려다가 관두었다. 어차피 금방 탄로가 날 테니까.

규남이 마을버스를 타고 한솔을 역까지 바래다준 뒤 집으로 돌아왔다.

—우리 부잣집 도련님은 잘 들어가셨어요?

태성이 빈정거리는 말투로 말했다.

—너 왜 그래.

—뭐가요.

규남은 말없이 태성을 노려보았다. 태성 역시 규남의 눈길을 피하지 않았다. 상의도 없이 한솔을 집으로 부른 일과, 트집을 잡아서 분위기를 망친 일까지, 규남은 태성이 보여준 모든 행동이 마음에 들지 않았다.

—이 집이 쪽팔려서 그래요? 연극 만들자면서요. 그럼 어디서 만들 건데요. 여기가 싫으면 공장에서 연습해요 그럼.

태성이 억울한 일을 당한 사람처럼 목소리를 높였다. 규남은 말없이 선풍기를 회전 모드로 바꿨다.

—근데 있잖아요, 나한테는 왜 안 쪽팔려하는 거예요?

말싸움을 하기에는 너무 더운 날씨라고, 규남은 생각했다.

◇

다빈치 밀라노 생활이 차츰 익숙해질 무렵, 나는 이름을 떨칠 기회를 얻었습니다. 수도사들에게서 프란체스코교회의 제단화를 그려달라는 의뢰를 받은 것입니다. 나는 삼단으로 이루어진 제단화 중 가장 중요한 중앙을 그리기로 했습니다. 수도사들은 성모와 아기 예수가 천사들과 예언자들에게 둘러싸인 장면을 묘사해달라고 했습니다. 또한 성모의 동정을 강조하기 위해서 인물들은 반드시 금박으로 수놓은 옷을 입어야 한다고 말했고, 그림의 배경과 인물들의 배치까지 지시했죠.

나는 수도사들의 요구를 무시했습니다. 그리고 구전으로 떠도는 이야기의 한 장면을 그리기로 마음먹었습니다. 성모와 아기 예수가 헤롯왕을 피해 베들레헴에서 이집트로 달아나던 중 세례요한을 만나는 순간을 말입니다. 나는 그 이야기가 적힌 책들을 찾아서 읽었습니다.

나의 작업은 피렌체에서 그랬던 것처럼 더딘 속도로 진행되었습니다. 내가 완성할 작품이 글이나 말로 옮길 수 없는 그림이 되기 위해서는 시간이 필요했으니까요. 오랜 시간 끝에 나는 안개와 같은 어슴푸레한 빛깔로 색을 칠하기 시작해 그림을 완성했습니다. 그 그림*을 본 수도사들은 크게 화를 냈습니다. 그들은 왜 인물들이 금박으로 수놓은 옷을 입지 않았느냐고 따졌습니다. 심지어 몇 명은 과거에 그려진 제단화와 철학자들의 말을 들먹이며 내가 그린 작품은 그림이 아니라고까지 말했습니다. 어째서 붓 한 번 쥔 적 없는 자들이 그런 말을 내뱉을 수 있는지요. 그들은 그들이 가진 알량한 지식으로 세상의 전부를 판단했습니다.

수도사들은 여러 번 수정을 요구했고, 나는 그들의 요구를 거절했습니다. 나는 분명히 빛을 그려넣었으니까요. 그 빛은 내가 오랜 시간 헤매며 찾은 것이었고, 그전까지 세상에 존재한 적 없었

* 레오나르도 다빈치, 〈암굴의 성모〉.

던 빛이었습니다. 그리고 수도사들이 그 빛을 보지 못하는 것은 내가 어쩔 수 없는 일이었으니까요.

결국 수도사들은 나를 고소했습니다. 밀라노의 귀족들과 예술가들 사이에서 내가 그린 그림을 두고 갑론을박이 벌어졌습니다. 나는 그 소란스러움이 조금 우스웠습니다. 하지만 결과적으로는 그 일이 나에게 도움이 되었죠. 그 일에 대한 이야기가 스포르차 궁전까지 흘러들어갔으니까요.

5

규남은 처음 몸담았던 극단에서 나온 뒤 이런저런 극단을 떠돌아다녔다. 채 한 달도 버티지 못하고 도망치듯이 떠난 곳도 있었다.

규남이 마지막으로 몸담았던 극단은 경기도 안산시에 있는 '시너지'라는 데였다. 시너지는 수많은 연예인들을 배출한 어느 예술대학교의 졸업생들이 만든 극단이었는데, 대표는 연극 연출을 전공한 삼십대 초반의 젊은 남자였다. 그는 대학을 졸업하자마자 연극 동아리를 하던 동기들과 함께 극단을 차렸다. 그들이 만든 시너지의 모토는 누구나 쉽게 연극을 즐길 수 있게 하는 것이었고, 그래서 그들은 연극을 올릴 수 있는 곳이라면 어디든 마다하지 않았다. 단원들은 〈전국노래자랑〉처럼 전국을 떠돌아다녔다. 지방의 문화회관과 중고등학교의 강당, 시청이나 군청의 회의실에서도 공연을 올렸다. 그리고 어느 해에는 한 지자체 문화재단 사업에 선정되어 인근 도시의 학생들을 대상으로 일주일에 두 번씩 방과후 수업을 하기도 했다.

또 해마다 밀양과 거창에서 열리는 연극제에 참가했다. 단원들 사이에 정해진 역할은 없었다. 단원들은 돌아가며 배우와 조명, 음향, 의상 등을 담당했다. 규남도 제법 비중 있는 배역으로 무대에 오르곤 했다. 무대 위에서 규남은 사채업자, 외국인노동자, 월남전 참전용사, 친일파, 심지어 맹인안내견까지, 시대와 신분을 넘나들었다. 규남의 인생에서 더없이 행복하고 즐거운 나날들이었다.

하지만 공연이 끝나면 언제나 아쉬움이 남았다. 규남의 아쉬움은 연기나 공연에 관한 것이 아니었다. 그건 무대 위에 등장하지 않은 인물들에 대한 아쉬움이었다. 규남은 연극에 등장하지 않은 인물들이나 짧게 등장한 인물들에게도 하지 못한 이야기가 있을 것이라고 생각했다. 규남은 시간이 날 때마다 노트를 펼쳐놓고 그들이 하고 싶어할 말들, 혹은 해야 할 말들을 적어나갔다. 때때로 인물들이 먼저 규남에게 말을 걸 때도 있었다. 짧은 독백이 소동으로, 소동이 사건으로, 그래서 하나의 이야기로 만들어지기까지는 그리 오랜 시간이 필요하지 않았다. 언제부턴가 규남은 희곡을 쓰게 되었고, 단원들은 규남을 '김작가'라고 불렀다. 규남은 희곡을 쓸 때 더없이 행복했다. 글을 쓰는 일은 타인의 삶을 헤아리는 일 같았고, 규남은 타인들의 삶을 헤아리며 결함투성이인 자신이 조금씩 성장하고 있다고 느꼈다. 그런 규남을 눈여겨본 극단 대표는 규남에게 그동안 썼던 작품들을 모두 보여달라고 말했다.

규남이 자신의 작품들을 보여준 지 얼마 지나지 않아, 대표는 자신이 직접 연출을 맡아 규남의 작품을 공연으로 올리겠다고 말했다. 그것도 무려 대학로에서. 규남이 시너지 단원이 된 지 약 이 년이 지난 어느 날이었다.

규남이 쓴 '고개 숙인 사람들'이라는 제목의 희곡은 생동성 임상실험에 참가한 사람들이 부작용을 겪는 내용이었다. 실제로 규남은 시너지 선배들과 생동성 아르바이트를 한 적이 있었다. 약은 곧 시판될 알레르기 치료제였는데, 규남은 이박 삼일 동안 부천의 어느 종합병원에 입원해서 끼니때마다 병원에서 주는 약을 먹었고, 밤에는 피를 뽑고 혈압을 체크했다. 그때 규남은 선배들과 함께 입원실에 누워서 우스갯소리로 부작용에 관한 이야기를 나눴는데, 그때의 경험을 토대로 쓴 희곡이 『고개 숙인 사람들』이었다. 『고개 숙인 사람들』에는 임상실험 이후 우울증, 원형탈모, 공황장애, 발기부전 등 다양한 질병에 시달리는 인물들이 등장하는데, 그들이 피해자 모임을 만들어 제약회사와 병원에 보상을 요구하는 것이 희곡의 내용이었다. 극단 대표는 인물들의 곡진한 사연이 희곡의 핵심이라고 말했다. 그런 말을 들을 때마다 규남의 가슴

한구석에서 무언가가 한껏 부풀어올랐다. 규남은 한시라도 빨리 자신이 쓴 이야기가 연극이라는 형식으로 만들어지는 걸 보고 싶었다. 하지만 대표는 무슨 이유에서인지 규남이 연습실에 오는 것을 허락하지 않았다. 그래서 규남은 시너지 단원들이 『고개 숙인 사람들』을 연극으로 만드는 동안, 연극영화과가 있는 대학을 돌아다니며 게시판에 포스터를 붙였다.

*

막이 내리고 관객들이 하나둘씩 극장을 빠져나갔다. 규남은 온몸이 굳은 채로 객석에 앉아 있었다. 규남을 제외한 모든 관객들이 빠져나간 후 스태프들과 배우들이 하나둘씩 무대 위로 올라왔다. 단원들이 규남을 보고 알은체를 했다. 규남은 자리에서 일어나 대표를 찾았다. 뒤늦게 나타난 대표는 규남이 무슨 심정인지를 단번에 알아챘다. 대표는 규남을 데리고 극장 밖으로 나갔다.

—이건 아니잖아요……

규남의 목소리가 부서질 것처럼 떨려 나왔다. 규남은 대표가 자신의 희곡을 멋대로 뜯어고친 것을 받아들일 수 없었다. 규남이 썼던 내용은 온데간데없이 사라지고 없었다. 인물과 결말, 그리고 대사들이 전부 달라져 있었다. 대표는 규남에게 무대에 올려진 작품은 분명 네 작품이다, 처음엔 이렇게 하는 거다, 같은 말들을 반복했다. 규남은 말없이 혜화역 방향으로 발걸음을 돌렸다. 대표가 여러 번 규남을 불렀지만 규남은 한 번도 뒤돌아보지 않았다.

지하철역으로 가는 동안 규남은 버스 정류장과 벽에 붙은 〈고개 숙인 사람들〉의 포스터를 마주했다. 규남은 포스터 아래에 적힌 '김규남 作'이라는 글자를 빤히 바라보다가 그 부분을 찢어버렸다. 포스터를 찢는 규남의 손이 떨렸다. 그때 규남은 견딜 수가 없었다.

무엇을?

대표가 규남의 허락 없이 멋대로 희곡의 내용을 수정한 것을?

아니, 그때 규남이 견딜 수 없었던 건 대표가 새로 쓰다시피 한 희곡의 내용이었다. 한낱 말장난 같은 대사들이 대표의 수정을 거쳐 여러 의미를 지니게 되었고, 결말 역시 규남의 의도와는 전혀 다르게 전개되었다. 규남은 임상실험 피해자들이 제약회사와의 소송에서 패배하는 것으로 결말을 지었는데, 대표는 피해자들이 서로 다투다가 그들 스스로 몰락을 자초하는 것으로 이야기를 풀어냈다. 무게와 깊이, 모든 것들이 규남이 썼던 원작과는 차원이 달랐다. 그리고 그건 규남이 수백 번을 다시 써도 가닿을 수 없는 지점 같았다. 대표에게 향했던 분노는 슬그머니 방향을 바꿔 규남 자신에게 향했다. 규남은 지독한 배신감과 열등감에 시달려야만 했다.

그날 이후, 규남은 시너지 단원들과 연락을 끊었다. 대표와 단원들에게서 걸려오는 전화도 받지 않았다.

며칠 후 규남의 집으로 소포 하나가 배달됐다. 소포에는 연극 잡지 한 권이 들어 있었는데, 그 잡지에는 어느 연극평론가가 쓴 〈고개 숙인 사람들〉의 리뷰가 실려 있었다. 핍진한 인물들의 조로한 삶, 압도적인 텍스트의 힘, 같은 문장들이 눈에 띄었다.

그날 저녁, 규남은 노트북을 켰다. 그리고 자신이 썼던 그 작품을 새로이 써내려갔다. 하지만 아무리 작품을 새로 쓰려고 노력해도 그날 공연에서 봤던 내용과 같아져 있었다.

그렇게 몇 달이 흘렀다. 규남은 작품을 수정하는 것도, 새로운 작품을 쓰는 것도 포기했다. 규남에게는 아무 생각 없이 몰두할 무언가가 필요했다. 규남은 어린 시절에 즐겨 했던 온라인 RPG 게임을 다운받았다. 누군가를 죽이거나 아이템을 얻으면서 시간을 보냈다. 게임이 지겨울 때면 인터넷으로 스포츠 경기를 봤다. 축구, 농구, 야구, 배구, F1까지, 시간을 때울 수만 있다면 종목은 상관없었다.

가끔 스포츠 중계 채팅 창으로 불법 스포츠 도박 사이트를 홍보하는 문구가 올라왔고, 어느 날 규남은 아무 생각 없이 그 사이트에 접속했다. 가입을 하자 기념으로 규남의 통장에 만원이 입금되었다. 그 만원은 하루 만에 삼만원이 되었다. 며칠 후 규남은 통장에 있는 얼마 되지 않는 돈으로 베팅을 시작했다. 그렇게 일 년이 흘렀다. 날마다 규남의 통장으로 수십만원에서 수백만원의 돈이 오갔다. 하지만 아무런 감흥도 느껴지지 않았다. 모든 것이 꿈처럼 비현실적인 나날들이었다.

현실은 방문 너머에 있었다. 부모님의 한숨, 눈물, 고함 같은 것들이 규남의 방문 사이로 스며들었다. 어느 날에는 잔뜩 술에 취한 아버지가 규남에게 금수만도 못한 자식이라고 욕을 내뱉기도 했다.

때때로 규남은 이머니가 서점에서 사다준 성경이나 자기계발서를 읽었다. 잠들기 전에는 핸드폰으로 TED 강연을 보기도 했다. '할일을 미루는 사람들의 심리'나 '나쁜 습관을 없애는 간단한 방법' 같은 제목의 십오 분짜리 동영상을. 하지만 그것들 역시 비현실적인 것은 마찬가지였다. 새롭게 시작할 수 있다는 마음을 먹을 때도 있었지만 그건 잠깐이었고, 이윽고 자신의 인생은 이미 실패했다는 생각만이 깊어질 뿐이었다.

그런 규남을 다시 세상 밖으로 불러낸 것은 질투였다. 극단 시너지가 국내의 여러 연극제에서 수상을 하고 해외 연극 페스티벌에 초청됐다는 소식이 규남의 귀에까지 흘러들었다. 그 소식을 들은 후 규남은 며칠 동안 제대로 잠을 잘 수가 없었다. 세상에 속은 듯한, 아니, 무언가를 도둑맞은 듯한 기분이었다. 규남은 그들과 나란히, 아니, 그들보다 더 높은 곳에 서겠다고 결심했고, 그래서 함께 연극을 만들 사람들을 찾기 위해서 핸드폰 연락처를 뒤적거렸다. 쉽게 연락할 수 있는 사람들은 몇 없었다. 그리고 그 몇 안 되는 사람들도 대부분 번호를 바꾼 지 오래였다. 규남은 여러 번 연락처를 뒤적거리다가 낯익은 이름 하나를 발견했다. 어떻게 알았는지 〈고개 숙인 사람들〉의 공연을 보러 왔던 소년. 그리고 그날 밤, 형이 제 롤 모델이에요, 라고 시작하는 장문의 메시지를 보냈던 소년. 규남은 며칠을 망설인 끝에 태성에게 전화를 걸었다.

6

—이곳을 무대라고 상상해. 어차피 무대에서도 이태리를 상상해야 하니까.

규남이 집에 있는 가구들을 벽으로 바짝 붙여 움직일 수 있는 공간을 만들었다. 한솔은 방 한가운데 우두커니 서서 대본에 적힌 대사를 더듬거리며 읽어나갔다.

—피렌체를 떠나기 전날 밤, 제 두 손은 쉬지 않고 무언가를 끄적거렸습니다. 글은 아니고, 그림은 더더욱 아닌. (사이) 대관절 야망은 무엇일까요. 젊음의 그림자가 나를 집어삼키고 있었습니다.

대사를 읽은 한솔의 얼굴이 붉게 물들었다. 한솔은 후끈거리는 얼굴로 태성을 바라보았다. 태성은 대사를 읽지 않은 채 가만히 서서 대본을 빤히 들여다보고만 있었다. 그러다 한참 후에야 입을 열었다.

—근데 이거 정말 형이 쓴 거 맞아요?

규남은 솟아오르는 짜증을 억누르며 찬찬히 고개를 끄덕였다. 태성은 그후로도 대본을 읽다 말고 엉뚱한 말들을 내뱉어서 흐름을 끊었다. 결국 그날 연습은 대본을 끝까지 읽어보지 못한 채 끝이 나고야 말았다.

—너는 연극을 만들 생각이 있기는 한 거야?

한솔이 집을 나서자마자 규남이 목소리를 높였다.

—형이야말로 제대로 연극을 만들 생각은 있는 거예요? 열아홉 살짜리 하나 데려다놓고 이런 방구석에서 뭘 하고 있는 거예요, 지금. 애들 장난도 아니고.

태성이 지지 않고 되받아쳤다.

—제대로 된 연극이 뭔데.

—……

사실 규남 역시 그동안 연극과 예술의 정의에 대해 숱하게 말하면서도 그것에 대해 제대로 이해하지 못했지만, 그 질문은 태성의 입을 다물게 만들었다.

—지금은 비록 볼품없어도 나중엔 다를 거야. 그리고 둘보다는 셋이 낫잖아.

규남이 화를 가라앉히며 어린아이를 달래는 말투로 말했다. 태성은 말없이 바닥에 놓인 규남의 희곡을 들여다보았다.

그후로도 세 사람은 연습을 위해 몇 번 만남을 가졌다. 연습은 규남과 태성이 살고 있는 반지하방과 안양시 만안구 덕천마을의 여러 근린공원에서 이루어졌다.

―관객 없이 연극을 할 수는 없잖아. 그리고 셰익스피어도 길거리에서 공연했어.

규남의 말이 태성의 볼멘소리와 한솔의 창피함을 잠재웠다. 규남이 먼저 대사를 내뱉었다. 대사를 내뱉을 때는 일부러 우스꽝스러운 제스처를 선보였다. 한솔이 먼저 웃음을 터뜨렸고, 태성 역시 잠깐 웃음을 터뜨렸다가 재빨리 표정을 고쳐 지었다. 길을 걷던 사람들이 이상한 시선을 보냈지만 규남은 아랑곳하지 않았다.

한솔이 규남을 따라 대사를 내뱉었고, 태성도 마지못해 대사를 내뱉었다. 그리고 그렇게 대사를 내뱉다보면 뜻밖의 즐거움이 찾아올 때도 있었다. 또 어느 순간에는 처음 연극을 만들던 때가 떠오르기도 했다. 태성은 그 시절에 느꼈던 설렘과 비슷한 감정을 느꼈고, 감정이나 동선을 지시하는 규남의 말에 토를 달지 않았다.

한솔 역시 규남의 지시를 그대로 따랐다. 약간의 호기심과 엄마에 대한 반항심으로 시작한 일이었지만, 한솔은 연극 그 자체에 흥미를 느꼈다. 하나의 이야기를 오직 말과 몸짓으로 채워나가는 일, 비록 그 말과 몸짓이 어설플지라도 그 자체가 소중한 일이라는 생각이 들었다. 또 막이 내리면 그 모든 게 사라지는 것도, 한솔의 마음을 사로잡았다.

◇

다빈치 루도비코는 스포르차 궁전으로 나를 불렀습니다. 그리고 자신의 애인을 그려달라고 주문했습니다.

루도비코의 애인인 체칠리아 갈레라니는 충분히 아름다웠고, 그녀의 얼굴을 있는 그대로만 그려도 초상화는 충분히 아름다울 것이었습니다. 하지만 나는 아름다움의 그림자까지 그림에 담아내고 싶었습니다.

나는 그녀의 품에 흰 담비를 안겼습니다. 그리고 그녀가 앉아 있는 의자를 정면이 아닌 옆으로 살짝 틀었지요. 순결을 상징하는 흰 담비와 어딘가를 지그시 바라보는 그녀의 옆모습은 영롱한 분위기를 자아냈습니다. 수도사들이라면 옆을 바라보고 있으니 초상화가 아니라고 말할 게 분명했지만, 내가 그린 그림*은 분명 초상화였습니다.

루도비코와 체칠리아는 내가 그린 초상화에 크게 만족했습니다. 그들이 아름다움의 그림자까지 본 것인지는 알 수 없지만, 나는 그 초상화로 인해 루도비코의 신임을 얻게 되었습니다. 드디어 내가 그토록 바라던 후원자를 얻은 것이지요.

---

* 레오나르도 다빈치, 〈흰 담비를 안은 여인〉.

7

규남은 왕주인이 운전하는 트럭을 타고 다시 대전의 택배회사로 향했다. 고속도로에는 아지랑이가 피어오르고 있었다. 무더운 여름이었고, 규남은 벌써 한 해의 절반이 지났다는 것을 실감했다. 문득 규남의 마음에 걱정, 조바심, 같은 것들이 떠올랐다가 모습을 감췄다.

규남은 지난번처럼 택배회사 공장과 트럭을 오가며 박스를 옮겼다. 왕주인은 운전석에 앉아서 규남이 박스를 옮기는 모습을 지켜보았다. 규남은 왕주인이 지난번처럼 결재 서류를 들고 어디론가 사라지기를 바랐는데, 왕주인은 규남이 박스를 모두 옮길 때까지 운전석에 앉아서 규남의 모습을 지켜보았다. 이번에도 규남은 박스를 다 옮긴 뒤 담배 한 대 피우지 못한 채 조수석에 올라탔다.

규남은 계속해서 생수를 들이켰다. 아무리 물을 마셔도 갈증이 가시지 않았다. 등에서 축축한 감촉이 전해졌다. 몸이 녹아내릴 것 같았고, 샤워 생각이 간절했다.

차가 신호를 기다리는 동안, 왕주인이 규남에게 대뜸 파란색 서류철을 건넸다.

—펼쳐봐.

서류철 안에는 계약서 한 장이 들어 있었다.

—이번 하반기 때 정규직 한 명 뽑기로 했다. 사장이 공고를 내자고 했는데 내가 너를 추천했어.

—……

—착각하지 마. 네가 일을 잘해서가 아니야. 고졸 주제에 순 요령만 피우는 놈이.

규남은 무슨 말을 해야 할지 몰라서 다시 한번 생수를 들이켰다.

—너 내년이면 서른이지. 헛물켤 나이는 진즉에 지났다는 거야. 너만 모르는 거지. 너 금명제지가 구멍가게 같아도 그렇지가 않다. 재작년부터 정규직은 무조건 대졸만 뽑았어. 사장도 차가 두 대야. 거래처 만날 때만 K9 타지, 주말에는 벤츠 끌고 골프장 다닌다.

규남은 말없이 창밖을 바라보았다. 당연하다는 듯 부모의 얼굴이 떠올랐다. 규남은 정규직으로 전환됐다는 소식을 알리는 전화와 자신이 만든 연극을 보러 오라는 전화 중 부모가 기뻐할 연락이 무엇인지를 고민했다. 어쩌면 부모님은 지금도 간절하게 바라고 있을지도 모른다. 아들이 사대보험을 납부해주는 회사에 다니는 모습을. 용돈은 바라지도 않으니 그저 다달이 주택청약적금을 붓는 모습을.

—너 세상에서 제일 불쌍한 인간이 누군지 알아? 자기가 남들이랑 다르다고 생각하는 인간이야.

◇

다빈치 전쟁과 전염병이 쌍둥이처럼 밀라노를 덮쳤습니다.

전쟁. 삶.

피. 질병.

죽음. 죄.

이 모든 것이 신이 내린 벌이라고 외치는 수도사들과 우리는 결국 죽음을 맞이할 존재이니 세상은 그 어떤 의미도 없다는 회의론자들의 말이 밀라노를 집어삼켰습니다. 그런 말을 들을 때마다 내 안에서 분노가 쌓였습니다. 죽음이 우리를 향해 손짓할 때 두 눈을 질끈 감고 무릎을 꿇은 채 기도밖에 할 수 없는 게 인간이라면, 그럼 인간은 도대체 무엇일까요. 우리의 영혼이 한줌의 재만도 못한 것이라면, 그래서 우리의 모든 일들이 아무런 의미가 없다는 말은 얼마나 편리하고 나약한 말인가요.

나는 붓을 내려놓고 싸우듯이 세상을 바라보았습니다. 캔버스와 책이 아닌 세상을 말입니다.

시간이 흐른 후, 나는 뒤늦은 깨달음을 얻었습니다. 세상에 넘쳐나는 불행과 슬픔을 캔버스에 그려넣을 수 없는 것처럼, 세상에 넘쳐나는 아름다움 역시 캔버스에 그려넣을 수는 없다는 것을. 세상의 아름다움은 세상 밖에서 머무는 것이라고.

나는 밤마다 살라이를 안으며 이렇게 되뇌었습니다. 내가 그동안 무엇을 좇은 것이냐고, 내가 그동안 한 게 있다면 제발 알려달라고. 나는 어째서 캔버스 바깥의 아름다움을 캔버스 안에 담으려고 했던 것일까요. 세상의 아름다움은 세상의 몫이었는데, 나는 헛된 시간을 흘려보낸 것이지요.

8

규남과 태성은 봉은사역 3번 출구로 나와 곧장 길을 걸었다. 스타벅스를 지나자마자 오르막길이 시작되었다. 언덕에는 오층짜리 피부과 건물과 국내에서 유일한 람보르기니 매장이 있었다. 안이 훤히 보이는 람보르기니 매장에는 노란색과 빨간색 람보르기니가 전시되어 있었는데, 규남은 넋을 잃고 람보르기니를 바라보다가 매장의 직원과 눈이 마주쳤다. 규남은 재빨리 다른 곳으로 시선을 돌렸다.

잠시 후, 두 사람의 눈앞으로 한솔이 살고 있다는 주상복합 아파트가 나타났다. 그 아파트는 규남과 태성이 금명제지에서 바라보던 래미안 메가트리아와는 비교할 수 없을 만큼 거대했다. 규남과 태성 모두 아파트의 규모에 주눅이 들어서 입구에 들어갈 엄두를 내지 못했다.

결국 규남은 아파트 입구에서 한솔에게 전화를 걸었다.

—개는 왜 미리 안 나와서……

태성이 짜증 섞인 말을 내뱉었지만, 평소와 다르게 매가리가 없었다. 잠시 후, 한솔이 멀리서 모습을 드러냈다.

이틀 전 한솔은 그녀의 해외출장에 맞춰 자신의 집에서 연습을 하자고 제안했다. 그들의 비좁은 방보다는 자신의 집이 몸을 움직이기가 훨씬 더 수월할 것 같았다. 또한 자신의 집에는 마음껏 켤 수 있는 에어컨도 있었으니까.

다만 걱정은 태성이 그 제안을 거절할 수도 있다는 것이었는데, 태성은 별말 없이 제안을 받아들였다. 그리고 규남은 태성이 제안을 받아들인 것을 긍정적으로 해석했다. 태성의 불만이 조금씩 줄어들고 있다고 여긴 것이다.

당연히 그럴 리가 없었다. 태성에게는 다른 속셈이 있었다. 한솔이 사는 곳에서, 한솔의 부르주아적 취향과 연극을 만드는 이유가 그저 재미라는 말을 연관 지어 시비를 걸 작정이었다.

하지만 한솔을 뒤따르며 마주쳤던 것들—엘리베이터 앞에 놓인 가죽소파와, 장독대만한 화병에 꽂힌 생화, 엘리베이터 앞을 지키는 경비원—때문에 그 계획을 까맣게 잊어버리게 되었다.

규남은 신발을 벗다 말고 현관에 놓인 그림을 빤히 바라보았다. 어딘가 낯이 익은 그림이었다.

—설마 이거, 데이비드 호크니 그림은 아니지……?

—맞아요. 엄마가 호크니를 좋아하세요.

규남은 놀라서 입을 벌렸다. 그후로도 규남은 한솔의 집안 곳곳에 놓인 그림들을 보며 입을 다물지 못했다. 샤갈과 앤디 워홀의 작품도 눈에 띄었다. 마치 전시회에 온 것 같았다. 창문 밖으로 보이는 한강마저 하나의 그림처럼 느껴졌다.

결국 규남은 참지 못하고 한솔을 향해 이런저런 질문을 던졌다. 그 질문은 노골적이었고 듣기에 따라 조금 민망한 구석이 있었는데, 이를테면 부모의 직업과 부모의 부모에 관한 것들이었다.

—외할아버지는 조그마한 사업을 하시구요, 친할아버지는 은퇴하셔서 고향에서 쉬고 계세요.

—은퇴 전에는 무슨 일을 하셨는데?

—딱히 일을 하신 건 아니구요, 그냥 만석꾼 집안의 자식이셨대요.

그럼 할아버지의 아버지도 부자였구나, 라는 말을 규남은 간신히 참아냈다. 한솔은 규남의 흔들리는 눈동자를 보며 그들을 집으로 부른 일을 조금 후회했다.

—화장실이 어디야?

태성은 동그랗게 눈을 뜨고 집안 곳곳을 게걸스럽게 살피는 규남의 모습이 꼴 보기 싫어서 화장실로 향했다.

화장실은 지나치게 넓었고, 태성은 대리석 욕조에 걸터앉아 핸드폰을 꺼내들었다. 그리고 규남과 한솔이 말했던 데이비드 호크니를 검색했다. 그는 영국 태생의 화가였는데, 생존하는 화가들 중 가장 고가에 작품이 거래된다는 기사가 눈에 띄었다. 태성은 기사들을 몇 개 읽다가 핸드폰을 껐다.

모든 게 비현실적이었다. 한솔의 집도, 화장실도, 한솔의 집에 걸려 있는 그림도, 그 그림의 가격도.

그리고 태성은 그제야 자신이 이곳에 온 목적을 떠올리게 되었다.

…

……

………

하지만 그게 무슨 의미가 있을까.

태성의 머릿속으로 그런 생각이 떠올랐다. 더불어 자신과 한솔이 전혀 다른 세계에 살고 있다고 명확히 인식하게 되었다. 하지만 그건 연극을 만드는 데 아무런 문제가 아니라고, 어차피 규남과 자신, 그리고 한솔은 무대 위에서 다른 세계의 사람이 될 테니까, 그동안 규남이 숱하게 말해왔던 연극의 의미는 사실 하나도 중요한 게 아니었다고, 중요한 건 무대 위에서 다른 세계의 인물이 되기 위해 부단히 노력하는 것일지 모르겠다고, 태성은 처음으로 그런 생각을 하게 되었다.

물론 그런 생각을 했다고 해서 태성이 한솔에게 호감을 갖게 된 건 아니었다. 태성에게 한솔은 여전히 재수없는 부잣집 도련님일 뿐이었다. 하지만 한솔과 절대로 연극을 할 수 없다는 생각은 조금씩 옅어지고 있었다.

한솔의 집 거실은 규남이 그동안 올랐던 웬만한 소극장 무대보다 넓었지만, 규남은 소파에 엉덩이를 반쯤 걸친 채 가만히 앉아만 있었다. 태성과 한솔은 규남의 눈치를 살피며 그가 무슨 말을 하기를 기다렸다. 규남은 오래도록 말이 없었다. 그때 규남은 괜히 왔다는 후회를 넘어선 생각에 사로잡혀 있었다. 그러니까 처음부터 시작하지 말았어야 했다는 생각을.

—어디가 불편하세요?

한솔이 조심스레 말을 꺼냈다. 규남은 그제야 정신을 차렸다.

—아니야.

규남이 억지로 미소를 지으며 말했다. 규남은 리딩을 하자며 대본을 집어들었다. 태성과 한솔도 대본을 들었다. 태성이 먼저 낭랑한 목소리로 2막의 첫 부분을 읽어나갔다.

—나의 캔버스에는 테두리가 없었던 것이지요. 나의 그림은 언제나 세상과 맞닿아 있다고 여겼고, 그래서 세상과 닮지 않으면 괴로웠고, 또 닮았을 때도 괴로웠습니다.

—당신의 그림은 세상을 비추기에는 지나치게 아름답고, 그래

서 작은 우주라고 불리어도 손색이 없소.

—……

태성과 한솔이 규남을 바라보았다. 규남은 두 사람의 시선을 알아채지 못한 채 뭔가에 홀린 사람처럼 입을 다물고만 있었다.

—형.

태성이 규남을 불렀다.

—아, 미안. 내 차례구나. (사이) 나의 모든 작품은 미완성입니다. 그 사실이 나를 위로하면서 또 절망하게 만듭니다.

그후로도 규남은 연습에 집중하지 못했다. 멍하니 창밖을 바라보다가 대사를 읽을 타이밍을 여러 번 놓치곤 했다. 그렇게 한 시간도 채 지나지 않아 규남은 이제 그만 가야겠다며 소파에서 일어섰다. 왜냐고 물어볼 틈도 없었다. 규남은 소파에서 일어서자마자 현관으로 가서 신발을 신었다.

한솔이 아파트 입구까지 배웅을 나왔다.

—그럼 다음 연습은 언제 하나요.

—글쎄, 우리가 요즘 좀 바빠서. 상황을 보고 연락할게.

그렇게 말하고 규남은 곧장 걸음을 옮겼다. 한솔은 조금씩 작아지는 규남의 뒷모습을 보며 뭔지 모를 불안함을 느꼈다.

—바쁘긴 뭐가 바빠요, 우리가.

태성이 규남에게 쏘아붙였다. 규남은 말없이 지하철 문 위에 붙은 9호선 노선도를 바라보았다.

—솔직히 말해봐요. 처음부터 연극 만들 생각이 없던 거죠.

—네가 뭘 알아, 씨발.

규남이 태성을 때릴 것처럼 노려보며 말했다. 태성은 처음 보는 규남의 모습에 놀라서 입을 다물었고, 규남은 다시 지하철 노선도로 눈길을 돌렸다. 규남은 자신을 바라보는 태성의 시선을 느끼며 화를 낸 일을 후회했다. 하지만 사과를 할 여유가 없었다. 규남의 머릿속에서는 온갖 생각들이 소용돌이치고 있었다.

규남이 한솔의 집에서 실제로 목격한 부유함은 어렴풋이 짐작했던 부유함과는 전혀 다른 차원의 것이었고, 이윽고 그게 어떤 감정을 불러일으켰다. 규남은 쓰나미가 발생한 해변에 우두커니 서 있는 심정이었다. 빌딩 크기의 파도가 밀려오고 있는데 다리가 굳어서 몸을 움직일 수 없는, 그래서 속수무책으로 파도에 휩쓸릴 수밖에는 없는, 그런 심정이었다. 한솔이 살고 있는 주상복합 아파트의 가격과, 그 집에 걸려 있는 그림들과, 그 그림들의 가격과, 하얀색 대리석에 찍힌 자신의 발자국과, 아파트를 드나들던 고급 외제차들과, 로잔이 말한 아이 러브 마이 패밀리와, 왕주인이 건넨 계약서가 파도 위를 부유하는 쓰레깃더미처럼 규남에게로 밀려들었다. 그리고 규남은 쓰나미가 훑고 지나간 폐허가 꼭 자신 같다고, 아니, 자신이 만들 연극 같다고 생각했다.

◇

다빈치 전염병이 조금씩 잦아들 무렵 나는 다시 루도비코의 부름을 받아 스포르차 궁전을 오가게 되었습니다. 새로 짓는 대성당의 자문 역할을 맡았고, 스포르차 가문의 집권을 찬양하는 야외극을 연출했지요.

그리고 〈행성들의 가장행렬〉을 통해 나는 루도비코의 완전한 신임을 얻었습니다. 밀라노의 이름난 사람들이 나와 사귀기 위해서 날마다 축제와 같은 파티를 열었지요. 나는 밤마다 궁전과 같은 저택에 불려다니며 값비싼 포도주를 대접받았습니다. 그들은 슬며시, 때로는 노골적으로 자신들을 그려달라고 말했고, 나는 이런저런 핑계를 대며 그들의 부탁을 거절했습니다. 전쟁과 전염병이 알려준 것들이 여전히 나를 괴롭히고 있었으니까요.

9

장마가 시작되었다. 규남과 태성이 살고 있는 방 곳곳에 검푸른 곰팡이가 피어올랐다. 호들갑을 떠는 태성과 달리 규남은 아무것도 하지 않았다. 다이소에서 구입한 곰팡이 제거제를 뿌리며 마른 행주로 곰팡이를 닦아내는 일은 전부 태성의 몫이었다. 그 무렵, 규남의 몸 어딘가에서 곰팡이 같은 무언가가 피어오르고 있었다.

태성은 규남이 그러는 게 그저 더위 때문이라고만 여겼다. 에어컨이 없으니까, 선풍기가 한 대니까, 심지어 중고로 구입한 거니까, 그래서 더위를 먹은 것이다, 라고.

하지만 규남이 밤마다 수면유도제를 삼키는 것을 목격한 순간 태성은 규남이 예전과 달라졌다는 것을 인정해야만 했다. 규남은 밤마다 수면유도제를 세 알씩 삼켰다. 그리고 깨어 있을 때는 평생을 허기에 시달린 사람처럼 무언가를 끊임없이 입안으로 집어 삼켰다. 먹을 수 있는 것이라면 무엇이든 가리지 않았다. 태성은 규남이 변해버린 이유가 혹시 자신 때문인가, 라는 생각에 사로잡히곤 했다.

—혹시 돈 때문에 그래요?

태성이 조심스러운 말투로 물었다. 규남은 말없이 바닥에 누워서 계속 핸드폰을 들여다보았다.

—돈은 걔한테 좀 달라고 하면 되잖아요. 원래 그럴 계획이었고……

—그럼 네가 직접 말해.

규남이 눈길조차 주지 않은 채 그렇게 말했다. 잠깐 태성의 피가 거꾸로 솟았다. 그 말을 할 사람은 내가 아니라 형이잖아. 하지만 태성은 조금만 더 참아보기로 했다. 장마가 끝나면 다시 규남이 돼먹지 않은 예술이니, 층위니, 내러티브니, 하는 말들을 들먹이며 예전의 모습을 되찾으리라 기대하면서.

가끔씩 태성은 일을 마치고 집으로 돌아갈 때나 샤워를 할 때면 규남이 쓴 희곡의 대사를 내뱉었다.

—스승님, 루도비코 공작께서 어서 빨리 〈최후의 만찬〉을 완성하라고 사람을 보냈습니다.

잠들기 전에는 책상에 앉아 보란듯이 희곡을 펼쳐놓고 밑줄을 그었다. 태성은 그때마다 어깨를 움찔하는 규남의 모습을 볼 수 있었다.

하지만 그게 전부였다. 규남은 아무런 말도, 행동도 하지 않았다. 가끔 온몸을 움찔할 때도 있었는데, 한솔에게서 전화가 걸려올 때가 그랬다. 규남은 한솔의 집에 다녀온 이후부터 한솔의 전화를 받지 않았다. 한솔이 보낸 메시지에도 대답하지 않았다. 태성은 도대체 왜 그러느냐고 묻고 싶었지만, 결국 아무 말도 하지 못했다.

◇

다빈치 루도비코는 나에게 부친의 청동 기마상을 제작해달라고 주문했습니다. 내가 그 일을 주문받았다는 것은 밀라노를 넘어 이탈리아에서 가장 뛰어난 예술가로 인정받았다는 것을 의미했죠.

루도비코의 주문은 단순했습니다. 거대할 것. 이탈리아에 세워진 그 어떤 기마상보다 거대할 것.

루도비코는 기마상이 거대하면 명성을 얻을 테고, 명성을 얻으면 자연히 사람들이 아름답다고 말할 것이라고 했습니다. 나는 그의 무지가 조금 부러웠고, 잘못된 순서를 바로잡아주고도 싶었습니다.

10

일주일 동안 이어진 장마가 마침내 물러갔다. 하지만 규남의 상태는 한결같았다. 규남은 공장에서건 집에서건 나라 잃은 사람의 얼굴을 하고만 있었다.

까짓것, 기 좀 한번 살려주지. 태성이 살가운 목소리로 식당 맞은편에 앉아 밥을 먹는 규남에게 말을 걸었다.

—다음 공연은 〈고개 숙인 사람들〉 어때요. 그거 나름 재미있었는데.

규남이 밥을 먹다 말고 고개를 들었다.

—그거 내가 쓴 거 아니야.

태성이 무슨 소리를 하는 거냐는 표정을 지었다.

—내가 쓴 거 아니라고. 그때 연출이 다 쓴 거야.

—그때 포스터에서 분명히 형이 쓴 거라고 봤는데……

태성은 끝까지 말을 잇지 못했다. 무언가 잘못된 것 같았고, 그래서 기억을 되짚었다.

열여섯 살의 태성은 시너지와 함께한 방과후 수업이 끝난 후에도 그들과 함께하고 싶었다. 함께 희곡을 읽고 싶었고, 연극을 보러 다니고 싶었고, 또 연극을 만들고 싶었다. 그리고 그럴 수만 있다면 시너지의 단원이 되고 싶었다.

태성의 꿈에 시너지 단원들이 몇 번 찾아오기도 했다. 태성은 그들이 헤어지기 전에 알려준 네이버 카페에 가입해서 날마다 올라오는 게시물을 확인했다. 태성은 모든 게시물에 댓글을 달았다. 게시판에 직접 글을 쓴 적도 있었다. '형 누나들 진짜 너무 보고 싶어요ㅠㅠ' 같은 제목의 글을.

태성은 하루에도 몇 번씩 자신이 올린 게시물을 확인했다. 태성의 기대와 달리 아무런 댓글도 달리지 않았다. 그후로도 태성은 '안양중에 다녔던 유태성입니다' '고딩 되니까 진짜 빡세네요ㅜㅠ' 같은 제목의 글을 올렸지만 그때도 댓글은 달리지 않았다. 태성은 그들이 너무 바빠서 그런 것이라고 되뇌었지만, 서운한 마음이 드는 것까지 막을 수는 없었다.

시너지 단원들에게는 끈끈한 유대감이 있었는데, 태성은 그 유대감 안에 편입되고 싶었다. 하지만 그 유대감은 태성에게 허락되지 않았다. 결국 태성은 언제부턴가 댓글을 달지 않았고, 게시물도 올리지 않았다. 하지만 카페에 접속해서 그들의 소식을 확인하는 것까지 멈추지는 못했다.

그렇게 시간이 흐른 어느 날, 사진 게시판에 한 장의 포스터가 올라왔다. '고개 숙인 사람들'이라는 제목의 공연 포스터가. 포스터에는 반가운 얼굴들과 이름들이 박혀 있었다. 무엇보다 기쁜 것은 공연을 하는 장소였다. 대학로의 어느 소극장. 안양에서 지하철을 타고 갈 수 있는 곳. 태성은 나이키 신발을 사려고 모은 돈으로 〈고개 숙인 사람들〉의 표를 예매했다. 그리고 손꼽아 공연날을 기다렸다.

—그럼 또 거짓말한 거예요……?

태성이 숟가락을 내려놓고 물었다.

—뭐가 거짓말인데.

—……

—내가 언제 너한테 그 공연 보러 오라고 한 적 있어?

규남의 목소리는 날카로웠다. 두 사람은 서로를 말없이 바라보았다. 잠시 후, 규남이 식판을 들고 자리에서 일어섰다.

11

태성은 책상 위에 놓인 한 장의 계약서를 발견했다. 그 계약서는 규남이 왕주인에게 받은 것이었는데, 보란듯이 책상 한가운데 놓여 있었다.

잠시 후, 샤워를 마친 규남이 목에 수건을 두른 채로 화장실에서 나왔다. 태성이 규남을 향해 계약서를 집어던지며 소리를 질렀다.

—진짜 입만 열면 그놈의 거짓말! 몇 달만이라고 했잖아요. 근데 이게 뭐예요. 뭐냐고요!

규남은 놀라거나 당황한 기색을 내비치지 않았다. 태성은 계속해서 소리를 질렀다.

—연극을 만들면 관두기로 했잖아요. 근데 왜 이제 와서 정규직까지 하자는 거예요. 누가 한대요?

—넌 안 해도 돼.

—뭐라고요?

—넌 안 해도 된다고. 나만 하면 돼.

태성은 규남의 말이 이해되지 않았다.

—무슨 말이에요, 대체.

—나 금명제지에 취업하기로 했어.

규남은 자신의 말이 진짜라는 것을 확인이라도 시켜주려는 듯이 계약서를 집어들고는 빈칸을 채워나갔다.

태성은 기침을 내뱉었다. 눈가에 눈물이 고였고, 목구멍에서 헛구역질이 올라왔다. 태성은 처음 피우는 담배를 한 모금도 빨지 못한 채 바닥에 떨구었다. 그리고 손에 쥔 라이터를 있는 힘껏 길바닥에 집어던졌다. 잠깐 불꽃이 튀었다. 태성은 담배마저 제대로 피우지 못하는 자신이 한심했고, 그보다 더 한심한 건 규남과 함께한 모든 일들이라고 여겼다. 태성의 두 뺨으로 눈물이 흘러내렸다. 한바탕 눈물을 쏟은 태성은 오래도록 망설이다가 한솔에게 전화를 걸었다.

그때 한솔은 대치동 학원에서 수업을 마치고 집으로 돌아가는 길이었다. 한솔이 통화 버튼을 누르자마자 태성의 울먹이는 목소리가 들려왔다. 횡설수설하는 태성의 말은 알아듣기 어려웠지만, 무언가가 잘못됐다는 것은 알아차릴 수 있었다. 한솔은 곧바로 택시를 잡아타 그들의 집으로 향했다.

태성은 그들이 사는 다세대주택 입구에 몸을 웅크린 채 앉아 있었다. 한솔은 태성의 부은 눈을 보며 그가 눈물을 흘렸다는 것을 알아차렸다.

—무슨 일이에요.

—규남이 형이 조금 이상해……

말을 하는 태성의 목소리가 떨려 나왔다. 한솔은 묻고 싶은 게 더 있었지만, 그 말을 꺼내면 태성이 다시 눈물을 쏟을 것 같아서 결국 물어보지 않았다.

한솔은 앞장서서 그들의 반지하방으로 향했다. 계단에 발을 내디딜 때마다 심장이 빠르게 뛰는 것을 느꼈다.

규남은 한솔을 쳐다보지 않은 채 한솔 뒤에 서 있는 태성을 바라보았다. 태성은 반쯤은 겁을 먹고 반쯤은 화가 난 표정을 짓고 있었다.

—사정이 좀 생겼어. 당분간 연극을 만들기가 조금 힘이 들 것 같아.

—제가 알면 곤란한 일인가요.

—……

태성은 대답 없는 규남의 모습을 통해 모든 것이 끝났다는 것을 알게 되었다. 그전까지 태성에게는 일말의 기대가 남아 있었다.

그러니까 한솔과 이야기를 하면 규남이 조금은 달라질 것이라는.

하지만 아무것도 달라지지 않았다. 태성은 말없이 책상 아래로 들어가 규남의 가방을 집어들었다. 그리고 지퍼를 열고 가방을 뒤집었다. 가방에 있던 OMR 카드가 방바닥으로 쏟아졌다.

—우린 이 돼지 새끼한테 속은 거야. 속은 거라고! 애초에 연극을 만들 생각이 없었던 거야. 나한테 돈이나 떼먹고. 너한테 접근한 것도 다 돈이 목적이었던 거야. OMR 카드로 사기나 치려 했다고.

규남은 태성이 말하도록 그대로 내버려두었다. 그게 태성의 화를 더 돋우었다. 태성은 잔뜩 흥분한 목소리로 규남이 프로토로 자신의 돈을 모두 날려버린 일부터 OMR 카드로 사기를 치겠다며 여러 학원가를 떠돌아다녔던 일까지 모두 말해버렸다. 한솔은 태성이 쏟아내는 말이 믿기지 않았고, 규남이 아니라고 말해주기를 바랐다. 하지만 규남은 다만 이렇게 말했다.

—그냥 한여름 밤의 꿈 같은 일이었다고 생각하자.

태성의 입에서 작은 실소가 터졌다. 그리고 규남은 자신의 말을 비웃는 태성의 얼굴에서 많은 것들을 읽어낼 수 있었다. 그러니까 태성이 자신과 살게 된 후 여러 일들을 겪으면서도 떠나지 않았던 건, 아마 자신을 동경하고 또 좋아해서일 거라고. 자신이 시너지 선배들을 동경하고 좋아했던 것처럼.

—개새끼.

한솔이 하려는 말을 태성이 먼저 꺼냈다. 그리고 그 순간, 규남은 태성의 말대로 개새끼가 되리라 마음먹었다.

—개새끼라고? 너네도 연예인 같은 거 하고 싶어서 그랬던 거 아니야? 폼나니까, 사람들한테 관심받고 싶어서 그런 거 아니냐고. 배우가 되는 게 그렇게 쉬울 것 같아?

규남은 그런 말을 내뱉는 자신이 혐오스러웠지만 계속해서 모진 말들을 쏟아냈다.

—너네가 연극이 뭔지 알아? 너네가 제대로 된 무대에 한 번 서본 적이나 있어? 그게 뭔지나 아냐고. 그깟 소꿉놀이가 대체 무슨 의미가 있는데!

◇

다빈치 루도비코에게 주문받은 청동 기마상 작업은 더디게 진행되었습니다. 성미가 급한 루도비코는 나를 압박하기 위해서 로렌초에게 부친의 청동 기마상을 제작할 예술가를 보내달라는 편지를 보내기도 했습니다. 때때로 나는 스포르차 궁전의 마구간으로 가서 루도비코가 아끼는 말들의 굽을 두드리며 시간을 보냈습니다. 내가 작업을 시작했음을 알리기 위해서 말입니다.

하지만 나는 청동 기마상 작업에 집중하지 못했습니다. 그 무렵, 내 주변에서 연이은 죽음이 발생했습니다. 내가 루도비코의 주문을 받은 지 얼마 지나지 않아, 어느 여인이 보테가로 찾아왔습니다. 나는 그녀가 나를 낳아준 어머니라는 것을 알았습니다. 젊은 시절에 빛나던 미모는 주름에 감춰져 더이상 보이지 않았지만, 한 번도 가본 적 없는 나라의 향기만큼은 여전했으니까요.

그녀는 쇠약한 노인이었고, 자주 아팠습니다. 의사는 그녀가 오래 살지 못할 것이라고 했습니다. 의사의 말대로 그녀는 얼마 지나지 않아 숨을 거두었습니다. 그녀의 죽음은 지극히 자연스러웠습니다.

그리고 자연스럽지 않은 죽음도 있었지요. 나의 친구이자 스승이면서 때로는 아버지 역할을 했던 베로키오가 베네치아에서 기마상을 제작하다가 죽었습니다. 베로키오 역시 나와 똑같은 주문을 받았을 겁니다. 거대할 것. 이탈리아의 어느 기마상보다 그저 거대할 것.

그건 꼭 바벨탑을 쌓는 일 같았고, 나는 베로키오가 그 죄의 희생양이었다는 생각을 잠깐 했습니다. 그리고 그건 억울한 일이 아닌가, 라고 생각하기도 했습니다.

하지만 죽음은 자연스럽든 자연스럽지 않든 우리 모두에게 찾아오고, 남은 날들을 헤아리며 사는 것이 죽음보다 훨씬 더 중요한 것이라고, 나는 생각했습니다.

3부

1

규남은 비좁은 침대에 누웠다. 고시텔로 이사를 온 지 열흘이나 지났지만, 해바라기가 그려진 벽지는 여전히 낯설었다. 때때로 규남은 작은 창문 하나 없는 방이 관처럼 느껴졌고, 차라리 이 비좁은 방이 관이기를 바랐다. 그래서 눈을 감으면 영원히 깨지 못할 깊은 잠에 빠지기를.

그리고 그런 생각을 한 날이면 어김없이 꿈에 태성이나 한솔이 찾아오곤 했다. 때로는 두 사람이 함께 찾아올 때도 있었다. 꿈의 내용은 매번 달랐는데, 한 번도 좋았던 적은 없었다. 규남이 가장 최근에 꾼 꿈은 태성과 한솔을 객석에 앉혀두고 일인극의 주인공이 되어 무대 위에서 독백을 하는 것이었다.

—부자들이 가난을 탐하는 것처럼 나는 언제나 위대한 예술가

들의 시련을 탐했습니다. 그럼 위대한 예술가가 될 줄 알았던 것이지요. 왜 위대한 예술가가 되고 싶었느냐고 묻는다면, 남들과는 다른 특별한 인생을 살고 싶었으니까요. 그런 제목의 시집도 있잖아요. '가끔은 주목받는 생이고 싶다'는. 모두가 삶의 어느 순간에 주목받기를 꿈꾸니까요. 나의 경우는 남들보다 많이 지나쳤다는 게 문제였지만……

내가 박지성이나 손흥민처럼 뛰어난 운동선수였다면, 모차르트처럼 피아노 신동이었다면, 하다못해 수학영재였다면, 그럼 내 삶은 달라졌을까요? (사이) 재능이 없는 사람이 관심을 끌 수 있는 방법은 고백뿐입니다. 나는 본능적으로 그걸 알았습니다. 그래서 하루에도 수십 번씩 내가 어떤 사람인지를 떠들었습니다. 내가 먼저 말로 나를 정의하고, 그다음 행동하는 거지요. 그러니까 나는 우울한 사람이라고 먼저 말을 내뱉은 뒤 우울해지는 겁니다. 이렇게 뒤바뀐 순서대로 살았으니 내 삶은 비뚤어질 수밖에는 없었던 거지요. 처음부터 잘못 맞춰진 퍼즐처럼 말입니다.

객석에 앉은 태성과 한솔의 표정은 싸늘했다. 규남은 무대에서 내려가고 싶었지만 꿈속에서는 그럴 수가 없었다. 규남은 자신의 의지와는 무관하게 계속해서 말을 내뱉었다.

—물론 이런 내 삶에도 행복했던 시절은 있었습니다. 소꿉놀이를 하던 시절 말입니다. 사채업자, 외국인노동자, 월남전 참전용사, 친일파, 맹인안내견인 골든 리트리버까지. 그중에는 공장노동

자도 있었지요. 물론 그때는 몰랐습니다. 무대 위의 노동자와 실제 노동자의 차이를. 그러면서 나는 소꿉놀이 따위로 세상을 바꾸려고 했던 거지요. 그런데 거기 너네, 왜 그렇게 쳐다보는 거야? 그 눈빛! 왜 웃어? 지금 비웃는 거지? 박수까지 치네. 왜, 아예 기립도 하지 그래.

규남은 언제나 비명을 내지르며 꿈에서 깼다. 옆방의 남자가 짜증스러운 소리를 내며 주먹으로 벽을 두드릴 때도 있었다. 잠에서 깬 규남은 다시 잠들지 못했고, 평소보다 일찍 아침을 시작했다.

왕주인은 태성이 말없이 일을 관둔 것을 크게 개의치 않았다. 규남은 홀로, 때로는 로잔과 함께 밥을 먹었다. 로잔은 가끔씩 태성의 안부를 물었다. 그때마다 규남은 알지 못하는 태성의 안부를 얘기하는 대신 과장된 말들을 내뱉었는데, 그 말들에는 약간의 자기비하적인 의미가 담겨 있었다. 하지만 로잔은 그것을 알아차리지 못했고, 언제나 진지한 태도로 규남과 말을 주고받았다.

—로잔.

—응.

—혹시 연극이 뭔지 알아?

—영국……? 유나이티드 킹덤?

—유나이티드 킹덤이 아니라 연.극.

—그게 뭐야.

—그게 뭐냐면, 그러니까, 아, 플레이!

—아, 플레이. To be, or not to be, that is the question.

—오, 로잔. 『햄릿』 아는구나.

—학원에서 유나이트 킹덤 히스토리 배웠어. 나 플레이 좋아해. 플레이는 플레이니까.

—플레이는 플레이니까…… 재밌는 말이네.

—응. 플레이를 플레이해.

로잔이 웃으며 말했다. 규남의 머리에서 플레이, 라는 단어가 오래도록 맴돌았다.

2

이른 아침, 규남은 보건소에서 건강검진을 받았다. 진단서는 사흘 뒤에 발급받을 수 있었다. 규남은 보건소에서 나오자마자 바로 옆 건물 구청으로 향했다. 그리고 구청 입구에 설치된 무인 민원 발급기에서 몇 가지 서류를 발급받았다. 규남은 핸드폰 메모장을 켰다. 이제 남은 서류는 '범죄·수사 경력 회보서'뿐이었다. 규남은 버스를 타고 경찰서로 향했다.

경찰관이 규남의 신분증을 확인한 뒤 신청서를 건넸다. 규남은 신청서를 물끄러미 바라보았다. 범죄 경력·수사 경력 조회 신청서. 그동안 죄를 지은 것과는 별개로, 살면서 파출소 한 번 가지 않았으니 아무것도 조회되지 않을 게 분명했다.

하지만 그게 사실은 아니라고, 확실하게 짚고 넘어갈 게 남았다고, 규남은 생각했다.

규남은 신청서를 작성하지 않은 채 경찰서를 나섰다. 그리고 지하철역으로 가는 버스에 몸을 실었다.

규남은 한솔과 그녀를 만났던 카페 이층에 자리를 잡았다. 대낮이어서 그런지 카페는 한산했다. 규남은 한솔에게 카페에서 기다리고 있다는 카카오톡 메시지를 보냈다. 읽음을 알리는 메시지 옆 숫자가 곧바로 사라졌다. 하지만 한솔에게서는 답장이 오지 않았다.

창밖으로 어둠이 밀려올 즈음, 탄산수 한 병을 쥔 한솔이 카페에 모습을 나타냈다. 한솔은 말없이 규남의 맞은편에 앉았다. 오래도록 침묵이 이어지다가 한솔이 먼저 입을 뗐다.

—곧 학원에 가야 해요.

한솔의 목소리는 예상보다 훨씬 더 쌀쌀맞았다.

—할말이 있어서 말이야.

—미안하다는 말만 아니면 들어줄게요.

규남이 입을 다물었다. 그 말을 하러 왔으니까. 오래도록 침묵이 이어졌고 한참 후에야 한솔이 다시 입을 뗐다.

—미안해하고 있는 거 알아요. 당연히 미안해야 할 일이라는 것도.

—저기 한솔아, 경찰에 신고를 해도 되거든.

—진심이에요?

규남이 고개를 끄덕였다.

—신고가 아니라 고소를 할 수도 있었어요.

규남의 가슴이 덜컹 내려앉았다. 경찰서까지는 상상했지만 법원까지는 상상하지 못했으니까. 한솔의 스케일은 언제나 규남의 예상을 뛰어넘었다.

—그날, 가방에 OMR 카드가 들어 있었던 거예요? 대치동에서요. 태성이 형 말대로 일부러 우리 엄마 차에 부딪친 거고?

—아니야, 그건 태성이가 오해하는 거야. 일부러 부딪치지 않았어. 그 사고는 진짜로 우연이었어.

—그럼 나한테 접근한 건 돈 때문인 게 맞았어요?

—처음엔 그랬는데, 시간이 지날수록 욕심이 좀 생기더라고. 그러니까 처음엔 물론 돈 때문이었지만, 연극을 만들고 싶었던 건 진심이었어.

—형은 왜 그렇게 연극을 하고 싶었던 건데요.

한솔의 예상치 못한 말에 규남은 입을 다물었다. 규남은 오래전 여러 극단을 떠돌아다니며 자신이 내뱉었던 말들을 떠올렸다. 부끄럽기는 하지만 그때 내뱉었던 말들은 진심이었다. 하지만 아직도 유효한지에 대해서는 확신이 서지 않았다.

—형.

—응.

—형처럼 표현을 하자면, 저랑 태성이 형은 형 삶에서 '오브제' 쯤 되는 거죠? 세상의 중심은 오로지 형이고, 세상의 모든 일들은

형을 위해서만 벌어지는 거고. 근데 그거 알아요? 형이 썼다는 희곡은 그렇게 대단하지 않아요. 형이 잔뜩 폼 잡으면서 쓴 다빈치의 생애도 마찬가지고요. 하지만 나는 형의 모자란 희곡을 우리가 함께 만들어가는 거, 그게 진짜 중요한 일이라고 생각했어요.

한솔이 말을 마친 후 탄산수를 집어들었다.

—이제 학원을 가야 해요. 사실은 올해 초부터 미국 유학 준비하고 있었거든요. 저는 수능을 안 보니까 어차피 형이 사기를 치려는 일은 소용없는 일이었을 거예요.

규남이 카페를 나서려는 한솔을 황급히 불러 세웠다.

—저기, 한솔아. 혹시 플레이라는 단어가 연극을 뜻한다는 거, 알고 있었니.

한솔이 규남을 빤히 바라보며 대답했다.

—당연히.

한솔이 떠난 후에도 규남은 한참 동안 카페에 앉아 있었다. 그리고 오래도록 생각했다. 그러니까 자신 역시 플레이가 연극이란 걸 알고는 있었지만, 어느 순간 잊어버리게 되었다는 것을. 만약 잊지 않았었다면, 그럼 뭔가 달라졌을까.

◇

다빈치 나는 사 년 만에 청동 기마상의 점토 모형을 완성했습니다. 극작가 발다사레 타코네는 내가 빚은 점토 모형을 보고 이보다 더 위대한 것은 보지 못했다고 말했습니다. 나의 점토는 루도비코의 주문대로 이탈리아의 어느 기마상보다 거대했고, 또 아름다웠습니다.

루도비코는 이토록 아름다운 것을 빚어내는 데는 필시 오랜 시간이 필요했을 것이라고, 어서 빨리 작품을 완성하라고 채근했던 일을 사과했습니다.

나는 루도비코에게 알려주고 싶었습니다. 점토를 빚어내는 시간보다 깎아내는 시간이 더 오래 걸렸다는 것을, 그리고 내가 깎아낸 건 굳어버린 흙반죽이 아니라 마음이었다고.

하지만 내 첫 작품이 됐을지도 모를 점토 모형은 기마상이 되지 못했습니다. 점토를 기마상으로 주조하기 위해서는 청동이 필요한데, 그 무렵 프랑스와 전쟁이 벌어진 것입니다. 내가 점토를 주조하기 위해 쌓아두었던 청동은 대장간으로 옮겨져서 무기로 제작되었습니다.

훗날, 내가 만든 점토 모형은 밀라노를 점령한 프랑스 군인들의 활쏘기 연습을 위한 과녁으로 전락했지요. 나는 말없이 그들의 활시위를 바라보곤 했습니다.

3

여름이 물러가고 있었다. 서쪽으로 불던 바람의 방향이 바뀌었다. 미세먼지가 하늘을 뒤덮는 날들이 시작되었다.

규남은 퇴근시간이 되자마자 컨테이너 사무실로 향했다. 왕주인이 책상에 앉아서 규남을 기다리고 있었다. 규남은 사물함에서 가방을 꺼냈다. 가방에는 며칠 전에 발급받은 서류들과 계약서가 들어 있었다. 규남은 왕주인에게 그것들을 내밀었다.

—이번주 토요일에 사장이랑 면접이 있다. 그렇게 알고 있어.

왕주인이 규남이 내민 서류들을 살피며 말했다.

—그리고 혹시나 해서 말하는데, 괜히 연극 같은 거 했다고 말하지 말고.

규남은 말없이 옷을 갈아입은 뒤 사무실을 나섰다. 미세먼지 때문에 하늘이 뿌옜다. 규남의 입에서 재채기가 터져나왔다.

그날 밤, 규남은 태성에게서 한 통의 카카오톡 메시지를 받았다.

—나 다음주에 군대 가요.

4

안양중앙시장은 장을 보는 사람들로 가득했다. 과일이나 생선을 파는 사람들이 우렁찬 목소리로 사람들을 불러모았다. 규남은 과일가게에서 포도 한 박스를 샀다. 그리고 돈을 내밀며 수선집들이 모여 있는 곳을 물었다. 사장이 잔돈을 거슬러주며 길을 따라 쭉 올라가면 수선집 골목이 나올 것이라고 알려주었다. 규남은 포도 박스를 든 채로 다시 길을 나섰다.

잠시 후, 과일가게 사장이 알려준 대로 수선집들이 다닥다닥 붙어 있는 골목이 나타났다. 규남은 어렵지 않게 '태성이네 수선집'이라는 간판을 발견했다. 가게 안에는 돋보기안경을 낀 중년의 여성이 가위로 바짓단을 자르고 있었다. 낯익은 옆모습에 규남은 단번에 그녀가 태성의 어머니라는 것을 알았다. 규남은 크게 숨을 들이마신 후에 가게문을 열었다. 문에 달린 종이 유리문과 부딪치며 소리를 냈고, 그녀가 고개를 돌렸다. 규남은 그녀에게 꼬박 고개를 숙였다.

—태성이랑 함께 살던 사람입니다. 태성이가 다음주에 군대를 간다고 해서요.

—아, 그 선생님이시구나. 태성이 지금 배달 갔는데.

태성의 어머니가 플라스틱 의자를 건넸다.

—내가 지금 주문이 좀 밀려서. 태성이 금방 올 거니까 앉아서 좀 기다려요.

그녀는 익숙한 손놀림으로 재봉틀에 실을 꿰었다. 규남은 그녀의 굽은 등과 귀밑에 난 흰 머리카락을 물끄러미 바라보았다.

—죄송합니다……

—응? 선생님이 뭐가 미안해.

태성의 어머니가 영문을 모르겠다는 표정을 지었다. 그 순간, 규남은 태성이 그녀에게 아무것도 말하지 않았다는 것을 알았다. 태성은 무슨 말로 집을 나와 자신과 살았던 걸까. 그건 설득이었을까, 아니면 거짓말이었을까. 설득이든 거짓말이든 태성이 감내한 것은 같았을 것이라고, 규남은 생각했다.

잠시 후, 머리를 짧게 자른 태성이 가게문을 열었다.

규남은 비빔국수 곱빼기를, 태성은 잔치국수를 주문했다.

—요즘 어떻게 지내?

—밤이 되면 여기서부터 저기 서문 입구까지 포장마차가 쭉 늘어서요. 밤에는 저기서 일해요.

태성이 검지로 창문 밖을 가리켰다. 밖으로 파란색 천막을 덮은 포장마차들이 길게 늘어서 있었다. 그 말을 끝으로 두 사람은 아무 말도 하지 않았다. 음식이 나온 후에도 말없이 국수를 먹었다.

국수를 다 먹은 후, 규남은 주머니에서 하얀색 봉투를 꺼내 태성에게 내밀었다.

—이백만원이야. 휴가 나오면 꼭 연락 줘. 그때까지 남은 돈은 무조건 마련할게.

—돈 달라고 연락한 건 아닌데……

—미안해……

—……

—갈게. 몸 조심히 다녀와.

규남이 쟁반을 들고 자리에서 일어섰다.

—형.

태성이 규남을 불러 세웠다.

—너무 미안해하지 않아도 돼요. 형은 모르겠지만 우리는 이미 연극을 하고 있었던 거예요. 돌이켜보면 나름 재미있었어요.

◇

다빈치 청동 기마상 점토를 완성한 지 얼마 지나지 않아, 루도비코는 내게 산타 마리아 델레 그라치에 수도원의 식당 벽화를 주문했습니다. 수도사들은 식사를 할 때마다 경건한 마음을 불러일으킬 그림을 그려달라고 부탁했습니다.

나는 예수가 죽기 전에 열두 명의 제자들과 마지막으로 함께하는 식사 장면을 그리겠다고 했습니다. 나는 날마다 사도들이 쓴 복음서를 읽었습니다. 요한이 쓴 복음서에서 예수는 배신자 유다에게 빵을 주며 네가 하려는 일을 어서 하여라*, 라고 말했지요. 그 말이 어쩐지 꼭 나를 향한 말 같았습니다.

---

* 요한복음 13장 27절.

*

play

동사

1. 놀다, (게임 놀이 등을) 하다

2. 놀이를 하다

명사

1. 놀이

2. 희곡; 연극, (라디오 텔레비전용) 극

규남은 비좁은 침대에 누워서 핸드폰으로 play, 라는 단어를 검색했다. 플레이플레이플레이…… 내가 했던 플레이는 도대체 무엇이었나. 그건 동사였을까, 아니면 명사였을까. 아니면 그 사이를 헤매서 동사도, 명사도 될 수 없었던 걸까. 여러 생각들이 규남의 머릿속을 밤새도록 헤집었다.

사장과의 면접을 하루 앞둔 금요일 밤, 규남은 카카오톡 채팅창에 태성과 한솔을 초대했다.

—내일 아침 아홉시까지 금명제지 앞으로 와줘.

규남이 메시지를 보낸 지 일 분도 지나지 않아 메시지 옆 숫자가 사라졌다. 태성과 한솔에게서는 답장이 없었다. 규남은 다시 한번 그들에게 장문의 메시지를 보냈다.

—뒤늦은 변명처럼 들리겠지만 내가 연극을 하지 못한 이유를 이제는 알았어. 하나의 단어에 무수히 많은 뜻이 존재하는 것처럼 나한테 연극은 그저 연극일 수가 없었던 거야. 그러니까 나는 연극으로 세상에 이름을 알리고 싶었고 그래서 부모님께 쓸모없는 자식이 아니라는 걸 보여주고 싶었고 상도 받고 싶었고 기자와 인터뷰도 하고 싶었고 함께 연극을 했던 사람들에게 질투와 후회를 안겨주고 싶었고 해외 연극 페스티벌에 초대도 받고 싶었어. 이것 말고도 수백 가지의 이유가 더 있어. 그런데 내가 연극으로 이런 걸 이룰 수 없다는 생각이 드니까 겁이 났던 거야.

그런데 애초에 그런 게 아니었다면?

저 이유들을 하나씩 지우고 나니까 정말로 연극 그 자체가 남았어. 그 어떤 이유도 욕망도 없이 연극을 하고 싶어.

5

—뚱땡이 새끼야! 내가 우스워? 면접 때 옷을 그따위로 입고 오면 어쩌자는 거야! 지금 빨리 집에 가서 옷 갈아입고 와.

왕주인이 금명제지에 나타난 규남을 보자마자 고함을 내질렀다. 규남은 정장이 아닌 검은색 바지에 검은색 반소매 티를 입고 있었다. 규남은 컨테이너 사무실을 나섰다. 그리고 집으로 돌아가는 대신 금명제지 입구에서 한솔과 태성을 기다렸다.

아홉시가 되자 한솔과 태성이 모습을 나타냈다.

—우리는 연극을 할 거야.

—언제요?

—지금.

—어디서?

—여기서!

—여기서?

—응. 지금, 여기서!

규남이 앞장서서 금명제지를 향해 걸어갔다. 그리고 곧바로 컨테이너 사무실을 지나 공장 문을 열어젖혔다. 태성과 한솔이 규남을 뒤따랐다.

뒤늦게 그들을 발견한 왕주인이 사무실 밖으로 뛰쳐나왔다. 규남이 문 앞에서 왕주인을 막아섰다.

—너, 이 새끼야, 지금 뭐하는 거야.

—연극을 하려고요.

—뭐, 연, 연극?!

왕주인이 당황해서 말을 더듬거렸다. 규남이 왕주인을 똑바로 쳐다보며 말했다.

—우리는 다른 게 아니에요. 당신이 틀린 거예요. 나는 세상을 바꾸고 싶지 않아요. 더더욱 천지가 개벽하기를 바라지도 않고요. 나는 다만, 나를 바꾸려는 거예요. 그때 나한테 그랬죠. 세상에서 제일 불쌍한 인간이 누군지 아느냐고. 알아요. 남들이 특별하다는 걸 인정하지 못하는 거, 그래서 깎아내리는 일밖에는 하지 못하는 인간이 제일 불쌍해요.

규남이 쾅 소리가 나도록 공장 문을 닫고는 문을 걸어 잠갔다. 왕주인이 밖에서 문을 두드렸다. 소용없는 일이었다. 왕주인의 고함과 욕설이 뒤섞인 소리가 공장 안으로 흘러들었다. 규남은 개의치 않았다. 규남은 문 옆에 설치된 전원 차단 손잡이를 쥐었다. 규남은 손잡이를 내리기 전 태성과 한솔을 지그시 바라보았다. 한솔과 태성이 고개를 끄덕였다. 규남이 손잡이를 내렸다. 공장의 모든 불이 꺼지고, 작동중인 기계들이 멈추었다. 연극이 시작되었다.

◇

암전.

◇

밀라노, 산타 마리아 델레 그라치에 수도원.

어디선가 들려오는 시끄러운 소리.

레오나르도 다빈치, 지그시 흰 벽을 바라보고 있다.

슬며시 찾아오는 고요.

하얀색 벽으로 〈최후의 만찬〉이 보였다가 사라진다.

다빈치의 제자, 물감을 들고 등장한다.

제자 스승님이 시키신 대로 물감에 증류한 기름을 섞었습니다. 계란노른자도 넣었고요. 하지만 벽화를 그리기에 적당한 물감이 아니라는 것은 스승님께서 더 잘 아시지 않습니까.

다빈치, 말없이 미소를 지으며 흰 벽을 바라본다.

제자 어쩌면 그림은 스승님이 말씀하신 시간보다 더 빨리 부식될지도 모릅니다. 스승님이 쌓으신 명성에 흠이 되는 것은 아닐지, 저는 그게 두렵습니다.

다빈치, 말없이 벽을 바라보며 붓을 쥔다.

다시 〈최후의 만찬〉이 보인다.

그림 속 예수와 사제들은 코러스 역할을 한다.

다빈치, 천천히 붓을 움직인다.

다빈치의 붓 터치는 오케스트라 지휘자의 몸짓을 연상시킨다.

코러스 세상은 끔찍하게 아름답고 너는 그 아름다움에 눈이 멀어 평생을 그 안에 갇혀 살았구나.

네가 괴로워하던 그 모든 시간이 꿈속의 꿈 때문이었다는 걸, 이제는 알겠니.

날마다 쇠약해지는 육체와 기어이 네게도 찾아올 죽음 앞에서 너는 무엇을 느끼니.

탄생과 죽음이 어째서 인간과 짐승들만의 일이겠니.

이제 네게 남은 일은 네가 쌓은 바벨탑을 무너뜨리는 것이란다. 그럼 너는 그전까지 보지 못한 아름다움을 보게 될 거야.

그게 네가 그렇게 간절히 찾아 헤맨 퍼즐의 마지막 조각이라는 걸, 너는 알게 될 거야.

연금술이 거짓이 아니라는 걸, 이제 너는 알게 될 거야.

규남, 태성, 한솔, 조심스레 다빈치 곁으로 다가간다.

규남 죄송해요. 당신의 생애를 멋대로 꾸며내서. 위키백과랑 책 몇 권으로 당신을 헤아리려고 한 것도. (사이) 사실 당신이 그런 사람이 아니란 걸 알고 있었어요. 당신처럼 뛰어난 사람이고 싶어서, 부러워서, 그냥 내가 되고 싶었던 모습을 당신의 삶에 투영시켰을 뿐이에요.

다빈치, 붓을 내려놓고 규남을 지그시 바라본다.

다빈치의 파인 주름으로 옅은 빛과 미소가 스며든다.

다빈치 아니, 나는 네가 짐작하는 나란다. 나는 네가 상상했던 것처럼 아름다움을 좇았고, 쏟아지는 빛을 삼키고 씹고 또 맛보았단다.

규남 당신이 〈최후의 만찬〉을 그릴 때 녹아내릴 걸 알면서 일부러 그 물감을 사용했다고 생각했어요. 그것도 저의 상상일 뿐이었어요.

다빈치 그것도 사실이란다. 나는 네 상상처럼 〈최후의 만찬〉이 녹아내리기를 바랐단다.

한솔 애써 그린 그림이 왜 녹아내리기를 바란 거죠.

다빈치 그래야 너희가 다시 그릴 테니까.

태성 이해가 잘 가지 않아요.

다빈치 너희들이라면 내 그림이 흐릿해질수록 더 선명하게 볼 수 있을 거야.

사이

다빈치 쏟아지는 빛에 눈이 부셔서 눈을 감으면 뭐가 보이니. 눈을 감으면 정말 어둠뿐이니. 어제의 어둠은 오늘의 어둠과 같니.

규남 제가 당신을 잘못 그린 게 있다면 알려주세요.

다빈치 잘못된 건 아무것도 없단다. 다만 아름다움을 좇는 일도 아름답다는 걸 네가 몰랐다는 거, 그게 조금 슬프구나.

세 사람, 모두 말이 없다.

다시 〈최후의 만찬〉이 보인다.

잠시 후, 루도비코와 수도사들이 등장한다.

그들은 규남과 태성, 한솔을 보지 못한다.

수도사들, 걱정스러운 표정으로 벽을 바라본다. 그들은 〈최후의 만찬〉을 보지 못한다.

수도사1 어째서 아직도 작업을 하시지 않은 겁니까.

수도사2 아직 아무것도 그리시지 않은 걸 보니 고민이 많으신가 봅니다.

루도비코 수도사들은 너무 염려하지 마시오. 곧 이 하얀 벽으로 예수와 사도들이 모습을 드러낼 것이오.

다빈치 아니요. 제가 그리는 것은 그저 그림일 뿐입니다. 그 안에서 예수와 사도들을 보는 것은 그림을 보는 이들의 몫이지요. 저는 다만 그릴 뿐입니다.

수도사들과 루도비코, 영문을 모르겠다는 표정을 짓는다.

다빈치 언제나 그런 생각을 했습니다. 예수의 부활은 죽음 덕분에 가능한 일이었다는 것을. 그 죽음이 없었다면 부활도 없었던 것이지요.

수도사들, 기분 나쁜 표정을 짓는다.

다빈치 그런 사람들이 있지요. 예수의 죽음만을 바라보는 사람들이.

이때 멀리서 들려오는 소음과 쏟아지는 불빛이 서서히 공간과 인물들을 뒤덮는다.

이윽고 불빛이 무대를 집어삼킨다.

희미한 실루엣, 혹은 그림자가 된 인물들.

다시 시작되는 코러스의 노래.

그리고 들려오는 목소리.

코러스의 노래와 목소리가 함께 메아리친다.

목소리 내 그림이 닳기를 기다리고 있어. 내 그림이 닳아서 벽에는 그슬린 자국처럼 흔적만 남아 있는 어느 날에, 내 그림을 네가 다시 색칠해줘. 너의 색이 나를 어딘가로 데려갈 거야. 그날이 내가 그토록 기다렸던, 그림이 완성되는 날일 거야.

*

그들의 연극은 공장 문을 따고 들어온 왕주인과 직원들 때문에 제대로 끝을 맺지 못한 채 막을 내렸다. 하지만 그건 하나도 중요하지 않았다.

6

평일 오전, 서울에서 강원도 고성으로 향하는 고속도로는 한적했다. 규남은 쏘카에서 빌린 아반떼의 운전대를 잡았고, 조수석에는 모자를 눌러쓴 태성이, 뒷좌석에는 한솔이 타고 있었다.

세 사람의 목적지는 강원도 고성에 있는 신병교육대였다.

톨게이트를 빠져나온 차는 곧바로 7번 국도에 들어섰다.

도로 옆으로 푸른 동해 바다가 보였다. 구름 한 점 없는 하늘과 파도가 치지 않는 바다는 더없이 아름다웠다. 규남은 눈앞에 펼쳐진 바다와 수평선과 맞닿은 하늘을 바라보다가 자기도 모르게 혼잣말을 내뱉었다.

―꼭 사실주의적인 그림 같네.

태성이 못 말리겠다는 표정을 지으며 너털웃음을 터뜨렸다. 한솔도 태성을 따라 웃었다. 긴 웃음이 가신 후, 한솔이 규남을 불렀다.

—형.

—응.

—앞으로는 어쩔 생각이에요?

규남은 잠깐 말이 없었다. 규남을 대신해서 태성이 말했다.

—그건 뭐, 규남이 형이 사실주의적으로 해결하지 않을까?

한솔과 태성이 다시 웃음을 터뜨렸고, 규남도 그들을 따라 웃었다.

—그날 왕주인이 그랬잖아. 영업 방해니 무단침입이니 고소니 뭐니. 그런데 오늘까지 아무 일도 일어나지 않았잖아? 그러니까 내 말은, 예상한 대로 되는 일은 하나도 없다는 거지.

규남은 말을 끝낸 후 주먹으로 핸들 가운데를 두드렸다. 클랙슨 소리가 울려퍼졌다. 그 소리가 꼭 새로운 막을 알리는 소리 같다고, 세 사람 모두 그렇게 생각했다.

차가 속초를 지나 고성에 진입한 순간, 규남은 희곡을 쓰겠다고 다짐했다.

7

규남 형에게

형, 잘 지내고 계시나요. 형이 폴더폰으로 핸드폰을 바꿔서 연락을 주고받을 방법이 이메일뿐이네요. 조금 불편하기는 하지만 그리 나쁘지는 않아요. 우리의 거리를 실감할 수 있으니까요.

저는 뉴욕에서 잘 지내고 있습니다. 날씨가 좋을 때는 소호나 매디슨스퀘어가든을 걸어요. 커다란 광고판에서는 끊임없이 광고가 흘러나오고, 전 세계에서 온 관광객들은 핸드폰이나 카메라를 들고 사진을 찍죠. 저도 몇 번 한국인 관광객들의 부탁을 받고 사진을 찍어준 적이 있어요. 한번은 젊은 커플이 제가 찍어준 사진을 보면서 자기들끼리 그러더라고요. 남는 건 사진뿐이라고. 저는 그 커플에게 되묻고 싶었어요. 정말 그렇냐고. 정말로 남는 게 사진밖에는 없는 거냐고. 물론 물어보지는 않았죠. 그래도 그 말이 오래도록 머릿속에 맴돌았어요. 그리고 그날, 우리가 했던 일들은 사진조차 남지 않았다는 것을 알게 되었죠.

형. 그날, 공장 안에서 있었던 일은 과연 무엇이었을까요. 다시 재연할 수도 없고, 오로지 그 순간에만 존재하는 일이었으니까, 그래서 무엇이 남았느냐고 물으면, 정말 남는 게 없는 걸까요. 정말 그런 걸까요. 그런데 그럴 수 있는 걸까요.

P. S. 태성이 형이 휴가를 나오면 안부 전해주세요. 그리고 보내주신 작품 잘 읽었어요. 하루빨리 형이 신춘문예나 공모전에 당선돼서 다시 스마트폰으로 연락을 주고받았으면 좋겠네요. 그리고 당선되면 상금으로 뉴욕행 비행기 티켓을 끊는 건 어때요. 방은 제가 제공해드릴게요. 또 연락할게요.

뉴욕에서

김한솔 올림

작가의 말

'스페셜 원'이라고 불리는 축구 감독 조제 모리뉴가 첼시 1기 감독이던 시절의 일이다.

모리뉴는 어느 기자에게 두 게임 연속으로 진 것에 압박감을 받느냐는 질문을 받았다. 모리뉴는 그 질문에 이렇게 대답했다.

압박감? 압박감이란 자신의 아이들에게 음식을 사줘야 하는데 돈이 하나도 없는 전 세계 수백만의 부모들이 느끼는 것, 그게 압박감이다. 축구에는 없다.

모리뉴의 그 말이 오래 나를 붙잡았다.

2020년 늦여름

김수연

문학동네 장편소설
여름이 물러가고
ⓒ김수연 2020

초판인쇄 2020년 9월 22일
초판발행 2020년 10월 9일

지은이 김수연
펴낸이 염현숙
책임편집 김내리 | 편집 이상술
디자인 김이정 유현아 | 마케팅 정민호 박보람 우상욱 안남영
홍보 김희숙 김상만 지문희 김현지
제작 강신은 김동욱 임현식 | 제작처 한영문화사

펴낸곳 (주)문학동네
출판등록 1993년 10월 22일 제406-2003-000045호
주소 10881 경기도 파주시 회동길 210
전자우편 editor@munhak.com | 대표전화 031) 955-8888 | 팩스 031) 955-8855
문의전화 031) 955-3576(마케팅) 031) 955-8864(편집)
문학동네카페 http://cafe.naver.com/mhdn | 트위터 @munhakdongne
북클럽문학동네 http://bookclubmunhak.com

ISBN 978-89-546-7503-1 03810
* 이 책의 판권은 지은이와 문학동네에 있습니다.
이 책 내용의 전부 또는 일부를 재사용하려면 반드시 양측의 서면 동의를 받아야 합니다.
* 이 도서의 국립중앙도서관 출판예정도서목록(CIP)은 서지정보유통지원시스템 홈페이지 (http://seoji.nl.go.kr)와 국가자료종합목록 구축시스템(http://kolis-net.nl.go.kr)에서 이용하실 수 있습니다.(CIP 제어번호: CIP2020038846)
* 이 책은 경기도, 경기문화재단의 지원을 받아 발간되었습니다.

잘못된 책은 구입하신 서점에서 교환해드립니다.
기타 교환 문의: 031-955-2661, 3580

www.munhak.com